2019년 제20회
젊은평론가상 수상작품집

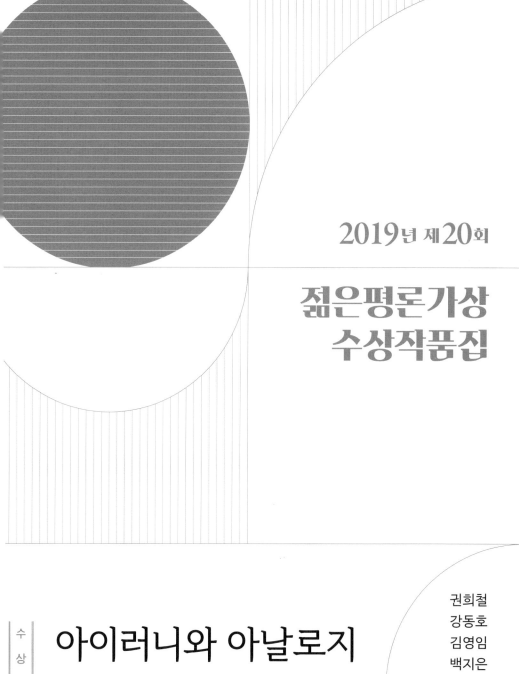

2019년 제20회

젊은평론가상
수상작품집

수상작

아이러니와 아날로지

권희철

권희철
강동호
김영임
백지은
복도훈
오연경
정주아
차미령
최진석

역락

2019년 제20회 젊은평론가상 취지서

한국문학평론가협회는 2000년에 '젊은평론가상'을 제정한 이후 우리 비평의 현장성을 보여주는 동시에 개성적인 목소리를 유지하고 있는 평론들에 주목해 왔습니다. 더불어 2011년부터는 기왕에 출판된 평론집을 대상으로 선정하던 방식을 직전 년도 동안 문예지에 발표된 평론들을 선정하는 방식으로 변경하여 젊은평론가상 자체의 현장성과 동시대성을 높이고자 노력했습니다. 올해로 20회를 맞은 이 상은 그간 우리 문단의 대표적인 젊은 평론가들의 활동에 작지만 강렬한 응원을 보냄으로써 문단에 새로운 활력을 불어넣는 중요한 통로입니다.

2018년 한 해 동안 각 문예지에 발표된 평론들 중에서 젊음의 열정과 패기로 우리 평단에 새로운 바람을 불러일으키고 있는 우수한 작품들을 선정해 이렇게 『2019년 제20회 젊은평론가상 수상작품집』을 내놓게 되었습니다. 이 책에 수록된 평론들에는 동시대 우리 문학의 다양한 모습들과, 그에 반응하면서 우리 문학을 조명해가는 평론가들의 치열한 고민과 문제의식이 뚜렷이 담겨 있습니다. 2018년도 한국문학의 새롭고 다기한 특성들을 음미해보고 역동적인 현장성을 느껴볼 수 있는 좋은 기회가 되리라고 생각합니다. 여기에 실린 평론들은 섬세한 시선과 다양한 목소리로 우리 문학이 발표되고 소통되는 현장을 점검해 보고 있기 때문입니다.

이번 작품집을 발간하는 일은 그동안 한국문학평론가협회와 손을 잡고 비평전문 계간지 『현대비평』을 출간해온 역락출판사의 전폭적인 후원이 있었기에 가능했습니다. 점점 어려워지고 있는 출판 환경에도 불구하고 한국문학평론가협회와 역락출판사는 우리 문학의 근간을 튼튼히 만들 수 있는 여러 가지 생산적인 활동을 펼쳐나가고 있습니다.

한국문학평론가협회는 앞으로도 깊이 있고 활달한 논의를 통해 한국문학비평과 문학 전반의 활력을 높이는 데 기여하도록 노력하겠습니다. 많은 관심과 격려를 부탁드립니다.

차례

아이러니와 아날로지

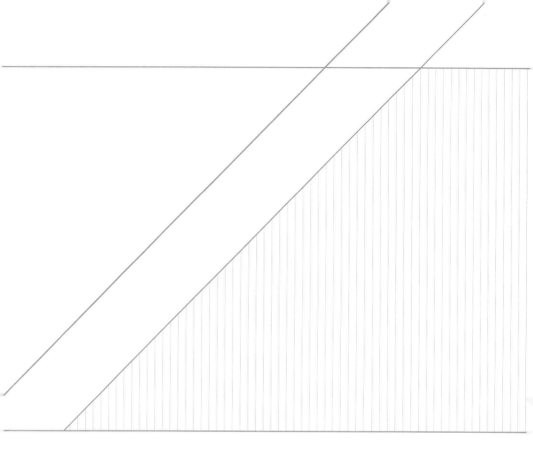

권희철

계간 〈문학동네〉 2008년 가을호에 평론을 발표하며 데뷔.
평론집 『당신의 얼굴이 되어라』(2013)가 있다.
현재 계간 〈문학동네〉 편집위원으로 활동하고 있으며
한국예술종합학교 서사창작전공교수로 재직 중이다.
northpoletrain@gmail.com

아이러니와 아날로지

1. 아이러니스트 박형서

박형서의 자전소설 「어떤 고요」에는 작가의 소설론에 해당하는 대목이 짧게 삽입되어 있다.

> 등단하기 전부터 나는 나 자신이 잘 쓰는 작가가 아니라 다르게 쓰는 작가라 생각해왔고, 그게 내 자부심의 원천이었다. '다르게 쓴다'는 말은 물론 남들과 다르게 쓴다는 뜻도 포함하지만 그보다는 나 스스로 전과 다르게 쓴다는 의미다. 즐겨 사용하는 패턴이 있다면 그것은 곧 게으름 혹은 선입견의 침식작용이라 여겼던 것이다. (…) 계속해서 탐험해야 한다. 소설이란 기본적으로 대답의 양식이 아니라 질문의 양식이기 때문이다.[1]

<hr />

1   박형서, 「어떤 고요」, 『끄라비』, 문학과지성사, 2014, p.269. ; 이 글에서 다루는 박형서의 텍스트는 다음과 같다. 『토끼를 기르기 전에 알아두어야 할 것들』, 문학과지성사, 2003; 『자정의 픽션』, 문학과지성사, 2006; 『핸드메이드 픽션』, 문학동네, 2011; 『끄라비』, 문학과지성사, 2014; 『낭만주의』, 2018. 이후 소설 텍스트를 인용할 경우 작품 제목, 책제목,

'다르게 쓰기'와 '대답이 아니라 질문'과 같은 표현들은 소설에 대한 다른 담론에서도 자주 출현하는 탓에, 이 인용문이 소설가나 평론가들이 자주 동원하는 겉보기에는 근사하지만 실질적인 내용은 별로 없는 추상적인 장식품이 아닌가 하고 의심이 들 수도 있겠다. 하지만 박형서의 단편들을 위의 인용문과 겹쳐놓고 보면 이것은 '아이러니스트 박형서'의 온당한 자기소개로 읽힌다. 이 인용문을 문학적 상투구와 확실하게 구별하기 위해서라도, 아이러니에 대한 약간의 설명을 거쳐 박형서의 단편들을 음미해야 할 것 같다(내가 지금부터 시도하려는 것은 이런 것이다. 아이러니, 그것이 아날로지와 함께 박형서의 글쓰기를 추진하는 두 개의 근본적인 충동이라는 점을 입증해 보이는 것, 그리고 아이러니와 아날로지라는 두 개의 렌즈를 통해 박형서 텍스트를 다시 한번 음미해보는 것).

먼저 아이러니. 리처드 로티에 따르면 아이러니스트는 다음의 세 조건을 충족시킨다. 1) 자신이 현재 의존하고 있는 세계관이나 표현들에 대해 근본적이고도 지속적인 의심을 갖는다. 2) 자신이 현재 의존하고 있는 세계관이나 표현만으로는 이 의심을 돌파할 수 없다는 점을 깨닫고 있다. 3) 의심을 돌파하기 위해 다른 세계관이나 표현을 채택한다고 할 때, 그러한 선택이 여타의 '잘못된' 세계관이나 표현을 적절히 평가하고 넘어설 수 있는 초월적 지평에 다가가는 것이라고, 다시 말해서 온갖 잘못된 견해와 착각으로 물들어있는 현상으로부터 빠져나와 실재에 접속하고자 하는 형이상학적 투쟁이라고 생각하지 않는다. 아이러니스트의 숙명과도 같은 자기 의심은, 오직 낡은 것과 결별하고 새로운 것과 '유희'하는 한에서만 돌파될 수 있다.[2] 아이러니스트는 기존의 관념들과는 '다른' 관념들을 갈망하기 때

◇◇◇◇◇◇◇◇◇◇◇◇◇◇

페이지 수만을 본문에 표기한다.

2   리처드 로티, 김동식·이유선 옮김, 『우연성, 아이러니, 연대성』, 민음사, 1994, p.146.

문에, 그러한 갈망의 운동 속에서 도달한 새로운 관념에 대해서도 다시 의심하고 계속해서 다른 관념을 갈망한다. 그들은 무엇인가를 비틀고 기대를 배반하는 의외의 것을 추구하기 때문에 아이러니스트라고 불린다. 아이러니스트는 새로운 것과의 놀이 속에서 만들어진 세계관이나 표현이 영원한 진리일 수 없고 우연하며 덧없는 것임을 철저히 인식한 탓에 자기 자신에 대해 형이상학자들과 같은 엄숙한 믿음을 가질 수 없는데도, 그러한 탐색과 생성의 놀이 자체 그리고 그것의 산물인 우연하고 덧없는 삶의 순간들의 풍요로움에 대한 진지한 신념을 포기하지 않기 때문에 아이러니스트라고 불린다.

지금까지의 설명에서 이미 말한 셈이지만, 아이러니스트의 충동은 형이상학적 충동과 대립한다. 형이상학적 충동은, 기존의 모든 무의미와 혼란을 투명하게 정돈해줄 초월적인 진리를 '발견'하고자 하며 그러한 발견과 함께 현상적인 것 너머에 있는 숭고한 실재의 '힘'과 접속하는 황홀한 체험에 이르고자 한다. 다시 말해서 형이상학적 충동은 모호하고 잡다한 흐름을 일시에 정지시키고 정돈하고자 하는 충동이며, 진리로 선포된 것 이외의 것들을 억압하거나 길들이려는 충동이고, 그 자신은 위대해지면서 위대하지 않은 것들을 다스리는 권력을 즐기고자 하는 충동이다(그러므로 '진리에의 추구'는 겉보기와 달리 '억압하는 힘에의 추구'이기 쉽다). 아이러니스트의 충동에도 '발견'에의 의지가 있다면 그 발견의 대상은 '단 하나의 영원한 진리'나 '다른 모든 것에 의미부여하며 그것들을 체계화할 초월적 진리'가 아니라, 아직 제출된 적 없는 지금까지 제출된 것들과는 '다른 서술'이다. 아이러니스트는 위대한 힘과 접속할 때가 아니라 새로운 것들의 분출을 목격하거나 그러한 분출에 기여할 때 황홀한 체험에 이르고, 정지시키고 정돈하는 대신에 끊임없는 재서술의 분기와 증식을 추구한다. 다시 말해서 아이러니스트의 진리는 발견되면서 완성되는 것이 아니라 만들어지며 확장하는 것이다. 아이러니스트의 우주는 체계화되기 보다 다양화되며, 아이러니스트의 힘은 낯선 것을 억압하거나 길들이는 쪽이 아니라 새로운 것들과 유희하는 쪽으로 발휘된다. 형이상학자들도 선배 형이상학자들을 의심하고 그들과 논쟁하며 새로운 견해를 제출하는 한에서는 아이러니스트일 수 있지만, 그 새로운 견해가 초월적 진리라고 믿고 그것이 더 이상 새롭게 재진술될 가능성이 없는 것처럼 굴 때 형이상학자로 복귀한다.[3]

박형서가 자전소설 「어떤 고요」에서 밝힌 자신의 소설론 '다르게 쓰기'와 '대답이 아니라 질문'을 아이러니스트의 세부 사항들을 배경으로 해서 읽을 때, 우리는 앞선 인용문을 문학적 상투구로 잘못 읽을 가능성을 줄일 수 있다. 어떤 문제를 해결하고 안정화시키는 대신에 관습적인 생각과 표현들을 문제화하고 의심하면서 그로부터 새로운 것이 뿜어져 나오기를 갈망하는 것, 그 자신이 새로운 것을 만들어 내는 것, 그것을 놀이화하는 것, 그로써 우리가 인식하고 체험하며 무엇인가를 실천하는 세계를 확장하며 다양화하는 것, 형이상학의 극복을 글쓰기 안에서 실천하는 것. 그것이 박형서 작가의 목표이고 실천이었던 것으로 보인다.

<hr />

3   리처드 로티가 볼 때, 형이상학적 충동과 완전히 결별할 수 없었던 아이러니스트가 헤겔이며 니체이고 하이데거이다. 형이상학적 충동이 발견되지 않거나 그것을 극복한 아이러니스트가 프루스트이고 데리다이다. 리처드 로티, 앞의 책, 5장 「자아창조와 동화 : 프루스트, 니체, 하이데거」 및 6장 「아이러니스트 이론에서 사적인 암시로 : 데리다」 참조.

2. 아이러니스트의 글쓰기 – 내적 차이의 운동

박형서의 단편소설을 떠올려보면 작가의 자평이 정당해보인다. 지금까지의 박형서 소설이 한 작가의 작품이라고 생각되기 어려울 정도로 다양한 양상을 보여왔기 때문이다.

몇몇 작품들을 간략히 살펴보자.

- 「사막에서」(『토끼를 기르기 전에 알아두어야 할 것들』) : 한 청년의 의식 속에서 미소와 울음으로 요약되는 추억의 강물이 사막화되어 가는 과정을 함축하는 한 단락의 길고 복잡한 시적 이미지
- 「K」(『토끼를 기르기 전에 알아두어야 할 것들』) : 추리소설 형식으로 전개한, 돌팔매질이라는 사소한 능력 때문에 자신이 주위 사람들을 다치게 하거나 죽게 한다는 사실을 비관한 나머지 스스로에게 돌팔매질을 해서 자살하는 사내와 그 사내의 운명을 비롯한 미래를 예견하는 스스로의 능력을 부인해왔던 또 다른 사내의 기이한 이야기
- 「「사랑손님과 어머니」의 음란성 연구 — 달걀을 중심으로」(『자정의 픽션』) : 논문 형식으로 제출된, 주요섭의 단편소설 「사랑손님과 어머니」에 대한 황당무계한 해석
- 「두유전쟁」(『자정의 픽션』) : 간건강이 나빠진 탓에 두피에 기름이 과다분비되는 한 청년이 중요한 석유 자원이 된다는 익살스러운 설정 속에서 미국과 한국 사이에 벌어지는 엉성한 첩보전
- 「나는 『부티의 천 년』을 이렇게 쓸 것이다」(『핸드메이드 픽션』) : 기존의 유명한 작품들이 사실 머릿속에 구상만하고 있던 자신의 아이디어를 다른 작가들이 훔쳐내 먼저 써버린 것이라고 믿고 있는 편집증자가 이번에는 자신의

아이디어를 누가 훔쳐가지 못하도록 이러저러한 내용의 대작을 쓸 것이라
고 허풍떠는 광고
- 「자정의 픽션」(『핸드메이드 픽션』) : 어느 날 밤 육수용 멸치가 없어 국수를 끓
이지 못하는 가난한 커플이 허기를 채우는 대신 멸치의 행방에 관한 이야기
를 지어내며 다정하게 잠드는 이야기 속 이야기의 순환
- 「티마이오스」(『끄라비』) : '영원회귀'에 대한 심오한 해석을 품고 있는 동시에
북유럽의 종말 신화 라그나뢰크를 현대 물리학 지식들과 접합시킨 새로운
우주 종말 및 재탄생 신화
- 「Q.E.D.」(『끄라비』) : 전문적인 수학용어들을 다수 동원해가며, 알려지지 않
은 어느 수학자의 노트를 통해 그녀가 진리에 도달하기 위해 어떤 과정을
거쳤고 어떻게 실패했는지를 보여주는 독특한 전기
- 기타 등등…….

　　남들과 다르게 쓸 뿐만 아니라 자기 자신의 이전 작품과도 다르게 쓰고
자 했다는 것, 즐겨 쓰는 패턴이 만들어지기 전에 빠져나오고자 했다는 것,
그것이 이 작품들에 대한 일별로도 어느 정도 입증되는 것 같다. 우주적인
거대함과 일상적인 소박함, 학문적 엄밀함과 익살스러운 허풍 및 궤변, 심
오한 성찰과 말장난, 사건들을 잠식하며 추상화하는 이미지와 끊임없이 자
신의 결말을 향해 전개되고 있는 서사 등 다양한 대립항 사이를 오가며 요
동치고 있기 때문에, 지금까지의 박형서 소설에서 어떤 패턴을 찾는 것은
쉽지 않다.
　　하지만 이것이 박형서가 실천하는 아이러니스트의 글쓰기라고 말하는
것은 불충분하다. 박형서의 개별 작품들 사이의 패턴화되지 않는 '차이'가
아니라 각각의 텍스트 안에서 긴장과 갈등을 일으키는 '내적 차이'야말로

박형서가 아이러니스트의 글쓰기를 실천하는 영역이고 바로 그 대목이 우리가 박형서의 텍스트에서 강렬한 인상을 받게 되는 이유이기 때문이다.

「「사랑손님과 어머니」의 음란성 연구 - '달걀'을 중심으로」의 경우를 보자. 나는 앞에서 이 소설을 '논문 형식으로 제출된, 주요섭의 단편소설 「사랑손님과 어머니」에 대한 황당무계한 해석'이라고 요약했고, 이 소설이 수록된 단편집 『자정의 픽션』의 해설에서 김형중은 우리가 이 소설에서 얻는 것은 "재치와 기지로 이루어진 지적 패러디가 주는 통쾌함"이며 이 소설의 재미는 "우리 문학장의 오래된 어휘들을 작가가 가지고 노는 방식, 작가의 유희충동에서 온다"고 썼다.[4] 주요섭의 단편소설 「사랑손님과 어머니」에서 옥희 모녀와 사랑손님 사이에서 '달걀'이 오고 가는 장면들이 중요하게 다뤄지는데, 이 점에 주목한 가상의 국문학 연구자는 이렇게 설명한다. 달걀은 곧 알이고 '알'이란 신화원형상징으로 보자면 생명 및 생명의 순환이니 「사랑손님과 어머니」는 성적 상징으로 읽어야 하며, 달걀과 정액의 주요성분이 유사한데다 달걀은 형태적으로 고환과 흡사하니 옥희가 사랑손님과 주고 받는 달걀이란 대단히 노골적인 섹스의 기호로 읽을 수밖에 없다. 이런 내용을 진지하게 설명하는 장면들은 확실히 '황당무계한 해석'이고 '유희충동의 산물'이라고 읽을 수밖에 없다. 저 가상의 국문학 연구자가 "달걀을 받아먹는다는 건 그 단백질을 자기 몸에 넣는다는 말이다. 즉 콘돔도 없이 벌어지는 성교를 의미한다." "하드코어 포르노를 연상시키는 낯 뜨거움의 무차별 폭격이다"(『자정의 픽션』, p.161)라고 쓸 때는 실소가 나올 지경이다.

하지만 이 소설이 그런 단순한 장난에 그치는 것은 아니다. 이 소설이 학계의 지적 허위를 풍자한다는 식으로 이 소설에서 어떤 교훈적인 면을

⬦⬦⬦⬦⬦⬦⬦⬦⬦⬦⬦⬦

4   김형중, 「소설 이전, 혹은 이후의 소설」, 『자정의 픽션』, pp.275-276.

이끌어내려는 것이 아니다. 「「사랑손님과 어머니」의 음란성 연구-'달걀'을 중심으로」라는 논문은, 비록 연구 대상인 「사랑손님과 어머니」를 독해하는 데에는 완전히 실패하며 학술적으로 아무런 가치가 없는 분석을 진행하고 있지만, '외할머니-어머니-옥희'의 반복 구조를 상상하여 「사랑손님과 어머니」에 삽입하는 대목에서는 이 엉터리 논문을 더 이상 웃으며 읽을 수만은 없게 하는 측면이 있다.[5] 이 엉터리 논문 필자의 집요함이랄까 진지함 같은 것이 마침내 발견해낸(사실은 창조해낸) 저 기발한 (거짓) 구조가, 이 논문이 「사랑손님과 어머니」를 잘못 읽고 있다기 보다는 드디어 그것을 보다 흥미로운 텍스트로 재서술하는 데 성공하고 있다고 읽도록 유혹하기 때문이다. 이런 유혹에 민감한 독자라면 "필자가 상상적으로 제안한 후일담을 작품이 품고 있는 담론의 구조적인 영역에 포함시켜야 한다. 그런 후에야 우리는 식민지 지식인 주요섭의 엉큼한 내면과 독창적인 세계관을 발견할 수 있을 것이다"(p.163)는 논문 저자의 주장에 장난스럽게 동의하며, 저 엉터리 연구자가 발명해낸 '외할머니-어머니-옥희'의 반복 구조를 주요섭이 왜 자기 소설에 미리 반영하지 못했는가에 대해 불만을 품을 수도 있겠다. 이러한 유혹에 민감한 독자라 하더라도 「「사랑손님과 어머니」의 음란성 연구-'달걀'을 중심으로」를 실소 없이 읽는 것은 불가능한 일이지만, 누구라도 이 소설 논문의 마지막 구절("우리는 모든 걸 도덕적이고 희망적으로 해석하고자 하는 선량한 욕

---

5 「사랑손님과 어머니」에서 옥희네 가족은 외삼촌을 제외하면 '외할머니-어머니-옥희'로 구성되어 있다. 이 소설에서 옥희의 아버지는 옥희가 태어나기 전 세상을 떠난 것으로 되어 있는데, 「「사랑손님과 어머니」의 음란성 연구」라는 엉터리 논문의 필자는 옥희가 외부인 하숙생과 성교하여 딸을 낳게 되리라는, 주요섭의 실제 소설과는 무관한 후일담을 삽입하고 있다. 이렇게 되면 옥희의 어머니는 외할머니를 계승하고 옥희는 어머니를 계승하며 옥희의 딸은 다시 아버지를 모른 채 미래에 외부인 하숙생과 성교하여 그 자신의 딸을 낳게 되는 순환 구조가 완성된다.

망과 투쟁해야 한다. 그 싸움에서 승리할 때 비로소 이 작품이 품은 강렬한 어둠이 우리 앞에 드러날 것이며, 세계의 명암은 보다 확고히 구분지어질 것이다.", p.164)을 읽을 때 계속해서 웃고 있을 수만은 없을 것이다. 이 대목에서조차 논문의 필자는 "투쟁"이나 "세계의 명암"과 같은 과장된 표현을 추가해서 끝까지 자신의 논문을 진지하게 읽는 것을 방해하고 있지만, 그렇다고 하더라도 이 우스꽝스러운 논문의 저자가 끊임없이 기존의 해석을 의심하고 재서술해야 하며 그러한 재서술에 따라 무엇이든 "좋거나 나쁘게, 중요하거나 중요하지 않게, 유용하거나 쓸모없게 될 수 있다는"[6] 아이러니스트로서의 신념에 충실하고 있다는 사실을 비웃기가 어려워지기 때문이다. 우리가 만약 이 마지막 대목을 진지하게 읽기로 한다면, 이 소설은 어떤 의미에서 아이러니스트 선언에 해당하는 것이고, 그럼에도 이 아이러니스트 선언이 너무 진지해지는 바람에 형이상학화 되는 일을 방지하기 위해 끊임없이 자기 자신을 희화화하고 있는 것으로 이해할 수도 있겠다.

요점은 「「사랑손님과 어머니」의 음란성 연구-'달걀'을 중심으로」가 한편으로는 모든 진지한 접근을 무색하게 만드는 우스꽝스러움을 잔뜩 충전하고 있으면서도 동시에 다른 한편으로는 그것을 가볍게 즐기기만 할 수 없게 만드는 진지한 요소 또한 포함하고 있다는 것이다. 이것은 단지 웃게 하는 텍스트보다 진지한 면모를 갖춘 텍스트가 더 가치가 있다는 점을 전제하는 것이 아니고, 박형서의 소설 텍스트 내부에 어떤 차이가 새겨져 있고 그것이 이 텍스트에 대한 독해 안에 긴장과 갈등을 일으키고 있으며 바로 이 점이 박형서 텍스트의 운동 방식이라는 점이라는 것을 강조하는 것이다. 앞에서 "박형서의 개별 작품들 사이의 패턴화되지 않는 '차이'가 아

6 　리처드 로티, 앞의 책, p.36.

니라 각각의 텍스트 안에서 긴장과 갈등을 일으키는 '내적 차이'"라고 말한 것이 바로 이런 장면들을 겨냥한 것이다. 이 내적 차이에서 비롯되는 텍스트의 운동 때문에 독자들은 박형서의 텍스트를 간단히 정리할 수 없고 독해를 손쉽게 마무리할 수 없다. 과감하게 말해서 내적 차이는 텍스트에 대한 재서술 그리고 재서술의 재서술을 요청하는 것처럼 보인다.

(이런 식으로 '박형서 스타일'이라고 할 만한 것을 찾아내려는 시도 자체가 정작 아이러니스트 작가에게는 불만족스러운 것이겠지만) 비슷한 사례를 조금 더 확인해보자. 나는 앞에서 「나는 『부티의 천년』을 이렇게 쓸 것이다」를 이렇게 요약했다. '기존의 유명한 작품들이 사실 머릿속에 구상만하고 있던 자신의 아이디어를 다른 작가들이 훔쳐내 먼저 써버린 것이라고 믿고 있는 편집증자가 이번에는 자신의 아이디어를 누가 훔쳐가지 못하도록 이러저러한 내용의 대작을 쓸 것이라며 미리서 허풍떠는 광고.' 말하자면 이런 것이다.

바로 이 순간부터 유럽에 닿기까지 이백 년에 걸친 기나긴 여정이 시작된다. 궁금하면 내년이나 내후년에 나올 내 책 『부티의 천 년』을 참고하시라. 깜짝 놀랄 만큼 재미있을 예정이다. 전봇대로 이를 쑤시는 괴물과 맞닥뜨리고, 중동의 사막에서는 수압저울을 발명해 부자가 되기도 한다. 성인 독자를 위해 반쯤 벗은 아낙네들도 등장시킬 작정인데 특히 이 부분에서 스즈키 하루노부 풍의 우키요에를 손수 그려넣을 참이니 조금만 기다렸다가 꼭 사 읽으시기 바란다. 최고급 스포츠카들의 폭풍 추격신도 고려했지만 때는 12세기였다.(『핸드메이드 픽션』, p.155)

다르게 말하자면 이런 것이다. 어느 새벽 〈한분태 뼈다귀 해장국집〉에서 친구와 함께 잔뜩 취해 술을 마시던 서술자는 해장국집 주인이 누더기

20

같은 걸 뒤집어쓰고는 의자에 걸터앉아 잠이 든 것을 발견했는데, 그의 허벅지 위로 시커먼 시궁쥐 한 마리가 웅크리고 있는 걸 본 순간 「피리 부는 사나이」에서 누락된 길고 긴 이야기가 떠올랐고, 자신의 놀라운 착상에 놀란 나머지 휘청거리다 소주병을 깨뜨리며 요란한 소리를 냈는데 그 소리를 듣고 잠에서 깬 해장국 집 주인은 "뭐야"하고 중얼거리곤 훌쩍훌쩍 울기 시작했다. 시궁쥐와 누더기의 조합이 「피리 부는 사나이」를 떠올렸고, 그 옛날의 독일 전설의 주인공이 어떻게 오늘날의 한국의 해장국집 주인이 되었는가를 해명하느라 한분태라는 이름을 중국식 이름 한펀팅(韓奮汀)으로 그것을 다시 독일식 이름 한스 뷘팅으로 그것을 다시 인도식 이름 하루디 부티로 장난스럽게 변주하는 가운데, 카르니지 여신과 쥐의 형상을 한 신화적 존재 무시카를 찬양하는 인도의 음유시인 하루디 부티가 불사(不死)의 운명을 부여받아 전 세계를 떠돌다가 독일에서 한때 피리 부는 사나이 한스 뷘팅으로 알려졌고 중국에서는 노비를 거쳐 건어물 사업가 한펀팅으로 알려졌으며 드디어 한국으로 흘러들어 해장국집 주인 한분태가 된다는 이야기가 만들어진다. 한편 해장국집 주인이 무심결에 내뱉은 "뭐야"는 오래전 피리 부는 사나이가 사랑했으나 모험 도중 죽음을 맞이한 암컷 쥐의 이름 '마야'가 된다. 간단히 말해서, 이 소설의 서술자가 쓰리라 다짐하고 있는 장편소설 『부티의 천년』은 말장난에서 시작된 장광설에 지나지 않고, 그 장편소설에 대한 서술자의 기대나 작가로서의 야심도 우스울 따름이다("장엄한 전쟁 이야기는 내년이나 내후년에 나올 희대의 명작 『부티의 천 년』에 상세히 기록되어 있으니 직접 사서 읽어보시라. 일단 사고 난 후에는 읽지 않아도 무방하지만, (…) 오금이 저릴 정도로 재미있을 예정이다.", p.172).

이런 식으로 「나는 『부티의 천년』을 이렇게 쓸 것이다」는 끊임없이 스스로를 장난스러운 글쓰기로 읽어주기를 강요하고 있지만 그렇게 읽기가 쉽지 않다. 장난스러운 천년의 모험담을 읽어 나가는 와중에, 왜 카르니지 여신은 다른 누구도 아닌 하루디 부티에게 불사의 운명을 선물했는지, 왜 하루디 부티는 불사의 운명을 선물 받고도 누구보다 고통스러운 삶을 살게 되며 어찌해서 울음을 울 수 없게 되었는지 하는 진지한 질문이 계속해서 제기되기 때문이다. 여기서 「「사랑손님과 어머니」의 음란성 연구-'달걀'을 중심으로」에서의 우리의 요점을 순서를 바꿔 반복해야 할 것 같다. 한편으로는 삶에 대한 진지하고 심오한 성찰을 함축하고 있으면서도 동시에 다른 한편으로는 그것이 결코 진지하거나 심오한 것일 수 없다는 듯 자신의 모든 것을 희화화하고자 하는 제스처를 반복하고 있다는 것. 「나는 『부티의 천년』을 이렇게 쓸 것이다」 내부의 이 긴장과 갈등이, 독자들로 하여금 이 소설이 제시하는 인생론을 형이상학화하지 않으면서도 흥미롭게 경청할 수 있도록 도와준다.[7]

너무 진지하게 받아들이지는 말라고, 이것은 「피리 부는 사나이」에 대한 우스꽝스러운 재서술 가운데 하나일 뿐이며 이것 또한 독자에 의해 재서술 될 수 있고 재서술 되어야만 한다고 암시하며 전달되고 있는 인생론은 이런 것이다. 하루디 부티는 처음에는 불사의 운명에 휘둘리는 바람에 나중에는 자신에게 불사의 운명을 부여한 초월적인 여신의 뜻이 무엇인지

7 　이 점에서 생각해보면 『핸드메이드 픽션』의 해설(권혁웅, 「박형서 프로젝트」)과 『자정의 픽션』의 해설(김형중, 「소설 이전, 혹은 이후의 소설」)은 제각각 박형서 소설의 어떤 특징들을 적절하게 짚어내고 있지만 서로를 보충해 줄 필요가 있는 것 같다. 박형서 소설을 두고 전자는 너무 무겁고 진지하게 후자는 너무 가볍고 유쾌하게 서술하고 있다. 이 두 서술이 충돌하는 지점에서 박형서의 소설이 요동치고 있다고, 이 글은 주장하는 것이다. 하지만 권혁웅이 "아무리 거창하게 말해도 그의 패관문학적 서술에는 미치지 못할 것이다. 그는 이 모든 것을 진지한 농담과 우스꽝스러운 비애의 어조에 실어 말한다. 이를 진농(眞弄)과 소애(笑哀)의 문학이라 부르면 될까?"(p.289)라고 쓸 때 이미 이 글의 일부를 어느 정도 예감하고 있었던 것도 사실이다.

를 생각하느라 자신에게 주어진 덧없고 우연한 순간들을 무의미하게 흘려 보내고 말았다. '불사의 운명'에 비하면 '덧없고 우연한 순간들'은 잃어버려 도 무방한 것처럼 생각되었다. 영원과는 무관한 바로 그 순간들만이 돌이 킬 수 없게 사라져버린다는 바로 그 이유 때문에 삶을 생생하고 절실한 어 떤 것으로 만들어주는 것인데도. "삶에서 정말로 깨달아야 하는 건 다른 누 군가의 뜻이 아니라 매순간 다가오는 생의 느낌, 그 자체일지 모른다"(p.187) 는 바로 그 깨달음과 함께 불사의 하루디 부터는 드디어 영원이라는 미혹 으로부터 풀려나 늙어죽을 운명인 한분태가 되고 "슬픔이며 동시에 몸의 구석구석을 섬세하게 자극하는 황홀"(같은 쪽)을 느끼며 그 때문에 불사의 몸일 때는 불가능했던 울음을 울 수 있게 된다. 우리가 앞에서 아이러니를 설명했던 표현들을 동원하여 다시 정리하자면, 초월적인 실재에 도달하고 자 하는 형이상학적 충동에 대해 우연과 덧없음을 수락하는 아이러니스트 의 충동이 승리할 때, 영생보다 더한 순간으로서의 삶을 살아갈 수 있다는 것이다. 더 간단히 말하자면, 이 텍스트가 설득하고자 하는 인생론이 있다면 그것은 '살아갈만한 삶이라는 것은 아이러니스트에게만 주어진다'가 된다.

3. 아이러니의 아이러니

아이러니스트의 글쓰기로 되어 있는 박형서의 텍스트에는 내적 차이라 는 형식이 반복되는 가운데, 형이상학적 충동에 대한 거부와 아이러니에 대한 옹호의 내용이 반복된다고도 할 수 있겠다.

'전문적인 수학용어들을 다수 동원해가며, 알려지지 않은 어느 수학자 의 노트를 통해 그녀가 진리에 도달하기 위해 어떤 과정을 거쳤고 어떻게 실패했는지를 보여주는 독특한 전기'인 「Q.E.D.」를 살펴보자. 알려지지 않은 수학자가 대학생 시절 "소수점 이하 몇백만 자리까지 나아가도 전혀 규칙성이 발견되지 않는 파이에 대한 호기심과 애정, 그리고 경외감"(『끄라비』, p.173)을 느끼고 그것을 자기 노트에 표현한다. 그런데 대학에 입학하던 해 그녀의 부모는 교통사고로 사망했고, 그런 탓에 "저 영원히 반복되지 않는 숫자의 행진이 고아가 된 그녀의 마음 한쪽 결을 자극했을 때, 방황하는 숫자들이 부모의 패턴을 찾아달라고 출렁거렸을 때, 여자는 망설이지 않고 고개를 끄덕였다."(p.174) 말하자면 이런 것이다. 끊임없는 변화와 생성의 수학적 표현처럼 보이는 저 원주율이 한편으로는 호기심과 애정과 경외감을 불러일으키지만, 그것이 조화로운 질서 안에서 평화롭게 안착하지 못하는 외롭고 고통스러운 방황으로 은유 혹은 재서술 될 때, 그 방황을 중단시킬 진리를 향한 형이상학적 충동이 강렬해진다. 그것이 이 수학자의 학문적 여정의 출발이다. 그렇기 때문에 이 수학자는 "모든 수학적 난제를 해결할 수 있는 궁극의 방정식"을 원했고 "파이와 같은 무리수는 끝없이 변주되는 패턴이 아니라 특이점으로 회귀하는 명확한 공식에 포섭되어야 한다"고 믿었다. 그렇게 되면 "우주의 조화가 한눈에 들어올 것"이라고도 믿었다.(p.182) 그것은 "명료하지 않다는 건 불결하다는 뜻"(p.175)이라는 생각과도 크게 다르지 않았다. 「Q.E.D.」는 형이상학적 충동에 시달리는 주인공이 어떤 모험을 감행했고 무엇을 성취했고 무엇에 실패했는지 수학적인 엄밀성을 포기하지 않은 채 설명하는 데 많은 지면을 할애한다. 그런데 그 엄밀함을 고수하면 고수할수록 우주에서 '우연'과 '결정불가능성'을 제거하기가 불가능하다는 사실만이 점점 더 분명해질 때 독자들은 숭고한 체념 같은 것을 느끼게 된다. Q.E.D., 그러니까 만약 그녀의 수학노트에서 증명해낸 것이 있다면, 그것은 "만물에 적용할 수 있는 궁극의 방정식이란 영원히 불가능하다"는 것이고 "만물을 포괄하는 절대 규칙이란 없다. 사소한 것을 정의하는 특수 규칙도 없다. 모든 규칙은 관점이며 편의에 불과하다"는 것이다(p.206). 형이상학적 충동의 실현불가능성에 대한 수학적 증명, 그것이 저 알려지지 않은 수학자가 평생에 걸쳐 해낸 것이다.

　어떤 고정된 패턴도 거부하고 모든 것을 끊임없이 변주하며 새롭고 독특한 것들을 생성하기를 원하는 아이러니스트의 이면은 외롭고 고통스러운 방황일지도 모른다. 그 때문에 아이러니스트의 방황을 끝내고 그 혼돈을 안정화시키고 질서화하려는 형이상학적 충동이 일어날 수 있다. 신에 대한 열정, (전통적인 의미에서의) 철학에 대한 열정, 과학에 대한 열정이 형이상학적 충동의 다양한 양상들이다. 「열한시 방향으로 곧게 뻗은 구 미터가량의 파란 점선」(『핸드메이드 픽션』) 이후 박형서의 소설에서 점점 더 과학에 대한 열정이 활성화되는 것은(「Q.E.D.」 외에도 이 계열의 소설로 「티마이오스」(『끄라비』), 「권태」(이하 『낭만주의』), 「외톨이」, 「거기 있나요」가 있다) 박형서의 아이러니스트적 글쓰기가 내적 차이를 구축하기 위해 그 자신과 충돌하는 형이상학적 충동을 적극적으로 활성화하는 것이기도 하고 다른 한편으로는 그것과 대결하고 그것에 저항하려는 시도이기도 한 것으로 보인다.

　「Q.E.D.」는 이 수학자가 형이상학적 충동 때문에 '궁극의 방정식'이라는 미망에 홀려버렸고 그 때문에 정작 소중하게 다뤘어야 할 사소하고 하찮지만 제각각으로 아름답고 절실한 순간들을 잃어버리고 말았다고 주장하는 것처럼 보인다(이렇게 놓고 보면, 「나는 『부티의 천년』을 이렇게 쓸 것이다」가 암시하고 있는 그것 '영원과 순간에 대한 인생론을 함축하고 있는 이 소설을 진리의 가르침으로 진지하게 받아들이는 대신 독자들이 저마다 재서술 할 수 있고 재서술 해야 한다'를 작가 자신이 「Q.E.D.」에서 실천하고 있는 것처럼 보이기도 한다. 「Q.E.D.」가 「나는 『부티의 천년』을 이렇게 쓸 것이다」에 대한 한층 정교해진 재서술이기도 하다는 말이다. 아래 인용하는 수학자의 전회(轉回)와 한분태의 전회에는 서로 통하는 면이 많다). 예컨대 다음과 같은 장면은, '궁극의 방정식'에 대한 미망에서 깨어나기 전에는 수학자가 알지 못하는 세계였다.

> 삶의 사소한 감각 (…) 거기에는 세상에 존재하는 색채와 음정과 감촉에 대한 경탄이 어지럽게 교차하고 있다. (…) 새벽에 해가 뜨고 밤에는 해가 졌다. 해가 있을 땐 따뜻했고 해가 지면 싸늘해졌다. 그럴 것이라 짐작은 했었지만, 정말로 그렇다는 걸 확인하고는 전율에 휩싸였다. 손가락 두 개가 들어가면 꼭 찰 만큼 앙증맞은 아기 양말에 현혹되어 색색별로 스무 켤레 넘게 사 모았고, '하루'라는 단어가 마음에 든 나머지 그 단어가 들어간 문장을 세 페이지 가량 나열했다.(p.210)

이 소설의 마지막 문장은 "앞선 스물아홉 권의 노트는 그렇지 않지만, 여자의 마지막 노트엔 증명이 담겨 있다."(pp.211-212)인데, 그것을 형이상학적 충동을 포기한 자가 얻게 되는 '삶의 충만함'에 대한 증명이 성립했다고도 읽을 수 있겠다.

그러나 지금까지의 논의가 아이러니와 형이상학 가운데 전자를 찬미하며 후자를 비난하는 방식으로 정리된다면 박형서 텍스트의 아이러니가 보여주는 복잡성에 비해 이 글이 지나치게 단순한 것이 될 것 같다. 앞에서도 언급했지만, 박형서 소설이 형이상학적 충동에 대해 저항하고 거절하는 측면이 분명한 만큼, 아이러니가 자신의 내부에 차이를 만들어내느라 그 자신과 충돌하는 형이상학적 충동을 적극적으로 활성화하는 면이 있기 때문이다.[8] 좀 더 분명하게 말하자면, 박형서의 글쓰기에서 아이러니와 형이 상학은 분명 대립하는 것이지만 그럼에도 서로에게 의존하는 면이 있다. 「Q.E.D.」의 다음과 같은 대목을 눈여겨보자.

> 여자는 81세의 나이에 급성폐렴으로 숨졌다. 영혼이 마침내 육신을 벗고 떠나가는 최후의 순간까지도 성실히 수식을 검토하는 한편, 일상에서 끌어올 린 감각을 섬세하고 풍요롭게 묘사함으로써 방정식에 부족한 부분을 채워 넣 었다. 그것들은 인간의 삶을 정의하는 두 종류의 상호 보충적인 근이 되었다. 앞선 스물아홉 권의 노트는 그렇지 않지만, 여자의 마지막 노트엔 증명이 담 겨 있다.(pp.211-212)

물론 여기서 내가 강조하고 싶은 구절은 "인간의 삶을 정의하는 두 종 류의 상호 보충적인 근"이다. '궁극의 방정식'을 추적하는 평생에 걸친 여 정과 그 여정 때문에 놓치고 만 섬세하고 풍요로운 삶의 감각들, 이 두 요 소들이 서로를 보충해야만 인간의 삶이 정의될 수 있다는 것이다. 그러고 보면 이 수학자가 '궁극의 방정식'에 대한 미망과 완전히 결별할 수 있었던 이유는 그녀가 그 누구보다 '궁극의 방정식'에 대한 추구에 집요했던 탓이 다. 나는 앞에서 형이상학적 충동에 충실한 수학적 모험 때문에 그녀가 일 상적 삶의 감각을 다 잃어버리고 말았다고 썼지만, 그녀가 생애 후반부에 사소하고 하찮은 순간들에서조차 전율을 느낄 수 있게 된 것은 그녀 생의 대부분을 차지한 형이상학적 모험 없이는 불가능했을 것이다. 형이상학적

<hr />

8   전혀 다른 시각을 만들어내는 이 '충돌'이 나중에 '개기일식'의 이미지로 초점화되는 것 같 다. 이에 대해서는 이 글의 후반에서 「개기일식」을 다루며 다시 언급될 것이다.

모험의 극한에 이르러 보지 못한 사람, 단지 일상에만 머물러 있던 사람에게는 다음의 순간이 찾아오기 어려울 것이다.

여자는 배가 몹시 고팠기에 귤을 하나 집어 들었다. 그리고 껍질을 깠다. 날카로운 향이 터져 나와 어두침침한 방에 가득 찼다. 여자는 귤을 입에 넣었다. 달고 시었다. 짜릿할 정도로 놀라운 맛이었다. 처음은 아니지만 굉장히 오래 묵혀두었던 감각이었다. 이게 귤이구나, 하고 여자는 쫓기듯 생각했다. 노랗고 따끔따끔한 과즙이 입술을 타고 흘러내렸다. 허겁지겁 서너 개를 더 까서 입에 넣었다. 몸이 저려올 정도로 황홀한 기분이었다. 다른 사람들이 어떻게 사는지 몽땅 알 것 같은 기분이었다. 다들 이렇게 사는구나. 이런 걸 먹고, 이런 느낌 속에서.(p.197)

이렇게 놓고 본다면 비록 '궁극의 방정식'을 찾아내는 데는 실패했지만 형이상학적 모험의 매순간의 집요함과 격렬함 때문에 그 순간들은 다시 전율케 하는 생의 감각에 가까운 무엇인가로 재서술될 여지가 생긴다고도 할 수 있다. 이 때문에 그녀의 서른번째 노트에는 종교적 깨달음에 도달한 자의 평정심 같은 것, 자신의 삶에 대한 부드럽지만 거대한 사랑 같은 것이 읽히기도 한다.

그러는 동안 [증명 불가능성을 인정한 뒤 그간 작성한 스물아홉권의 노트를 정리하는 서른번째 노트를 집필하는 동안 – 인용자, 이하 동일] 여자는 아무것도 합리화하지 않고 아무것도 반성하지 않았다. 마침내 극한에 다다른 여자의 이지력은 위대한 용기의 다른 얼굴이어서, 평생에 걸친 노력이 무위로 돌아갔음을 깨끗이 수긍하도록 격려하는 한편으로 그간 소요된 매 순간에

다가 무너뜨릴 수 없는 자부심을 입혔다. 최선을 다했던 작업에 대해 반성한다는 것은 결과와 보상에 과도한 의미를 부여하는 행위고, 스스로의 선택을 폄훼하는 수작이며, 어설픈 자기 연민으로 몰아 시간을 허비하게 만드는 일이다. (…) 가끔 옛 노트에서 뚱딴지같은 오류를 발견하고는 수정하여 옮겨 적기도 했는데, 그러할 때조차 괜한 헛웃음을 짓거나 자책하는 법이 없었다. 그건 젊음이 지불했던 세금인 동시에 그것대로 최선이었다. (…) 그것은 초기 노트에 담겨 있는 낙서와 비슷하지만, 짜증스럽게 막막함을 호소하는 당시의 문장들에 비해 훨씬 부드럽고 잔잔하다. 이는 두 문장 사이에 일생을 휘감은 치열한 사랑이 놓여 있어, 그 성취에서 비롯된 마음의 평화가 그녀의 시간을 째깍거리는 초침 소리로부터 멀찌감치 떨어진 어느 높은 곳으로 인도해주었기 때문이다.(pp.209-211)

이러한 깨달음에는 감동적인 구석이 있지만, 이 글에서 강조하고 싶은 것은 수학자가 도달한 깨달음 자체가 아니라 그러한 깨달음에 도달하기 위해, 단순히 형이상학적 충동을 거부하는 대신 그러한 거부를 완수하기 위해서라도 아이러니스트의 충동이 형이상학적 충동에 의존해야만 했다는 것이다. 이것을 '아이러니의 아이러니'라고 부를 수 있을까.

'어느 날 밤 육수용 멸치가 없어 국수를 끓이지 못하는 가난한 커플이 허기를 채우는 대신 멸치의 행방에 관한 이야기를 지어내며 다정하게 잠드는 이야기 속 이야기의 순환'으로 되어 있는 「자정의 픽션」을 두고서도 '아이러니의 아이러니'를 이야기해볼 수 있을 것 같다. 소설 속에서 픽션화되고 있는 멸치의 행방은 결국 냉동된 멸치들이 하수관을 타고 바다로 돌아가는 모험담으로 귀결되는데, 이 모험 중 가장 영웅적인 역할을 맡은 멸치가 부상을 당하자 그 상처 입은 영웅 멸치가 기운을 차릴 수 있도록 동료 멸치들은 흥미로운 이야기를 지어내는 것으로 되어 있다. 이야기 속 이야기 속의 이야기의 내용은 이런 것이다. "옛날 옛적 어느 임대연립주택에 가난한 연인이 살았대. 하루는 아가씨가 직장에서 돌아와 허기진 배를 수제비로 채우려 했지. 물을 한 냄비 받아 가스레인지 위에 올려놓고는 냉장고를 열었더니, 아 글쎄……."(『핸드메이드 픽션』, p.212) 분명히 있는 줄로만 알았던 육수용 멸치가 없어진 탓에 허기를 채우는 대신 그 멸치의 행방에 관한 이야기를 지어내게 됐다는 것. 그렇게 해서 이야기 속 이야기가 기묘하게 순환되는 가운데 이야기 속의 멸치들이 바다를 향해 나란히 헤엄쳐가는 것처럼 이야기 밖의 가난한 커플은 부드럽고 평화로운 밤의 시간들을 헤엄치며 잠이 든다. 「자정의 픽션」에서 '이야기'라는 것은 삶의 불가해한 지점('대체 꽝꽝 얼려진 멸치가 어디로 간 거야?')을 투명하게 밝혀주거나 그것을 해소할 수는 없는 다만 그 위에 장난스럽게 덧씌워진 스크린에 불과한 것으로 되어 있으면서도, 그 장난스럽게 덧씌워진 스크린이 삶이라는 바다를 헤엄쳐 나가는 데 결정적인 기여를 하는 것으로 되어 있다. 다시 우리가 앞에서 사용한 표현들을 사용하자면, 형이상학적 충동으로부터 자유로운 '재서술'의 증식 혹은 끊임없는 재서술의 재서술이 삶을 살아가게 하는 힘이며 이어지고 있는 삶 그 자체를 구성한다는 아이러니스트의 신념이 이 소설에는 픽션화되어 있는 것이다.

그러나 이 소박하지만 아름답고 감동적인 아이러니스트의 글쓰기가 출발하기 위해서는 '대체 그 멸치가 어디로 갔는가?'의 정답을 찾으려는 욕구가 먼저 있어야 하고, 그 욕구에 응답하느라 제출되는 시나리오들을 더 그럴싸하고 더 매력적인 시나리오로 교체하려는 욕망이 지속되는 한에서만 「자정의 픽션」은 다양한 시나리오를 거쳐 '이야기 속의 이야기의 순환'이라는 구조와 아이러니스트의 신념의 픽션화를 동시에 완성하게 된다. 간단하게 말해서, 「자정의 픽션」이 분명하게 보여주는 아이러니에 대한 옹호('삶의 불가해한 지점 위에 장난스럽게 덧씌워진 스크린 즉 아이러니스트의 재서술이야말로 삶을 살아가게 하는 힘이며 삶 그 자체다')의 한 가운데에는 삶의 불가해한 지점을 해소하고자 하는 형이상학적 충동이 은밀하게 새겨져 있다는 것이다.

이 글은 박형서의 텍스트를 아이러니스트의 글쓰기로 규정하고 있지만, 정작 박형서의 소설 가운데는 아이러니에 대한 경고를 함축하는 작품이 종종 눈에 띈다. 지루한 삶을 견디지 못하고 무엇인가 낯설고 새로운 사건이 벌어지기를 갈망(아이러니스트의 갈망이다)하는 「너와 마을과 지루하지 않은 꿈」의 주인공과 마을 주민들은 바로 그 갈망 때문에 잔인해지거나 그 자신이 잔인한 사건의 희생양이 된다.

> 어떠한 인간도 진심으로 타인의 불행을 바라지는 않는다. (…) 하지만 이방인의 죽음으로 인해 네가 살았던 마을은 이제 막 기나 긴 잠에서 깨어난 듯 활기를 띠었다. 주민들이 그걸 즐겼다는 말이 아니다. 그러나 우리 눈엔 별반 다를 것도 없어 보였다. (…) 이방인의 죽음이 불러온 적당한 소란과 반목과 적당한 흥분으로 그들은 이제껏 경험해보지 못한 팽팽한 삶을 살아가는 중이었다. 아무 일도 없었다는 듯 저 느슨하고 맥 빠진 일상으로 돌아가고 싶어하지 않았다.(『핸드메이드 픽션』, pp.16-18)

> 너는 또 사건이 발생했다는 생각에 너무 흥분한 나머지 아찔한 현기증을 느꼈다. 현장에 도착해 이장의 몸부림을 보는 순간에는, 심장이 무섭게 뛰면서 숨조차 제대로 쉴 수가 없었다. 끔찍한 광경이었다. 손톱은 죄다 빠졌고, 돌비늘에 갈린 손가락 끝으로 새하얀 뼈가 드러나 있었다. (…) 네 몸에서 식은땀이 흘렀다. 전신이 부들부들 떨렸고 입안은 바싹 타들어갔다. 독

한 몸살을 앓을 때와 비슷한 느낌이었지만, 그보다는 훨씬 황홀하고 짜릿했다.(pp.20-21)

혹은 「권태」(『끄라비』)에서 아이러니에 대한 아이러니스트의 보다 인상적인 경고를 확인할 수도 있을 것이다. 이 소설에서 삶이 너무 지루하고 뻔하다고 느끼는 종희에게는 권태보다 끔찍한 것은 없으므로 그녀는 차라리 미국 전체를 불태우는 악마적인 화염의 비극을 계속해서 관람할 수 있기를 그리고 거기서 어떤 자극을 느낄 수 있기를 바란다.

황홀하고 황홀해서 넋이 그만 달아날 지경이었다. (…) 텔레비전에서 똑같은 말이 반복되고 있었다. 똑같은 말, 계속해서 똑같은 말이었다.
[로키산맥 서편 전체를 불태워버린 뒤 진화되는 과정이라고 믿었던 악마화된 대화재] 아임이 돌아왔다.(p.86)

처참하게 불타는 도시를 볼 때마다 심장에서 피어오르는 예리한 통증은 마치 생의 숨가쁜 맥동과 흡사했다. 태평양 건너의 저 수많은 죽음을 환영한 건 아니었다. 절대로 아니었다. 불에 타 죽어도 좋을 만큼 덧없는 존재란 이 세상에 없다. 붉은 피가 흐르는 동료 인간으로서 진심으로 탄식하고 애도했다. 어떤 사연은 너무 슬픈 나머지 가슴이 마구 찢기는 것처럼 아팠다. 그런데 찢기는 듯한 그 아픔이, 그 예리한 통증이 끝 모를 권태에 젖은 종희에겐 몹시 요긴한 것이었다. 아임이 후벼파내는 상처가 절실히 필요했다. 그렇다고 아임을 응원했단 뜻은 아니다. 아니 그게 도대체 무슨 말도 안 되는 소리냐 하고 따져 물어도 어쩔 수 없다.(p.84)

진리 대신에 낯설고 새롭고 흥미로운 것을 추구하는 아이러니스트의 자기 경고는, 아이러니가 내적 차이 속에서 삶의 진실에 진지해지고자 하는 형이상학적 충동과 모종의 관계맺기에 실패했을 때, 아이러니의 아이러니에 도달하는 데 실패했을 때, 아이러니가 자기 자신의 독(毒)에 의해 변질되어 파괴적 충동이 되리라는 경고가 아닐까(그러나 앞에서 반복해서 말한 것처럼, 박형서의 텍스트가 '경고'로 간단히 요약되고 끝나지는 않는다. 그 파괴적 충동은 경고라고 하기에는 지나치게 흥미진진하거나 매력적인 것으로 그려지기 때문이다).

4. 아이러니와 아날로지의 중첩

그러므로 박형서의 텍스트를 그저 아이러니스트의 글쓰기로만 규정할 수는 없을 것 같다. 박형서의 텍스트에서 아이러니는 형이상학적 충동과 대립하면서도 아이러니의 아이러니 속에서 아이러니와 형이상학이 서로에게 의지하게 만들면서 삶의 진실에 대해 진지해지게끔 한다. 아이러니와 형이상학의 상호의존 속에서 아이러니는 더 이상 아이러니이기만 할 수 없고 형이상학은 더 이상 형이상학이기만 할 수는 없다. 이때 아이러니와 형이상학의 대립쌍은 아이러니와 아날로지의 중첩으로 변형되는 것 같다.

아날로지 그러니까 우주적 상응이 아이러니라는 상처를 자신의 중심 원리로 갖고 있지 않을 때, 아날로지는 부분과 전체의 조화 혹은 회귀하는 자기동일성 혹은 자기동일성으로 회귀하는 운동을 주관하는 초월적인 원리로 이어지며 너무 쉽게 형이상학화 된다. 하지만 아날로지의 우주는 아이러니라는 피흘리는 상처 때문에 그 중심이 텅 비어 있고 그 때문에 자기동일성으로 회귀하는 것이 불가능해지고 무수한 모순과 차이의 생산을 수용하게 된다. 반대로 아이러니의 한 가운데에는 아날로지의 꿈이 새겨져 있기 때문에 모순되는 것과 차이나는 것은 서로에게 무관한 것이 되어 장난스러운 무의미로 흩어져버리거나 파괴적 충동으로 변질되기만 하는 것이 아니라 서로의 차이를 즐기면서 엮이고 갈라지기를 반복하는 풍요로운 생성의 운동이 된다. 말하자면 아이러니와 아날로지가 중첩된 우주는 무한한 텍스트이며 각 페이지가 다른 페이지를 번역하고 변형시키고 은유하며 확장되는 텍스트의 더미가 된다. 이 텍스트 내부에서 아이러니는 "만일 우주가 문자라면 그 문자에 대한 각각의 해석은 상이하다는 것과 [자기동일성으로 회귀하는] 상호 교감의 합창은 바벨탑의 헛소리에 지나지 않는다"[9]는 것을 지속해서 환기시키는 바람에 아날로지의 우주가 요동치며 확장되게끔 한다. 이 은유를 밀고 나가면 이렇게 된다. "세상은 사물들의 총체가 아니라 기호들의 총체다. 우리가 사물이라고 부르는 것들은 사실은 언어들이다. 산도 하나의 말이고, 강도 하나의 말이며, 풍경은 하나의 문장이다. 그리고 이 문장들은 계속해서 변화하고 있다. 우주적 상응은 모든 사물들의 계속적인 변형을 의미한다."[10] 그러므로 모든 것은 재서술 될 수 있고 재서술 되어야 한다. 끄라비의 아름다운 강을 바라보며 그것을 "왼쪽에서 시작되어 오른쪽으로 이어지는 한 줄짜리 시처럼"(「끄라비」, 『끄라비』, p.11) 느끼는 것이, 아날로지의 우주에서는 단순한 은유가 아닌 것이다. 그리고 이 은유는 아이러니의 우주에서는 시적 절정을 맞이하여 멈추는 대신 끊임없는 재서술 속에서 변형되며 확장된다.

---

9   옥타비오 파스, 김은중 옮김, 『흙의 자식들 외 ─ 낭만주의에서 전위주의까지』(옥타비오 파스 전집2), 솔, 1999, p.97.

10   같은 책, p.94.

박형서의 근작 『낭만주의』에 수록된 작품들이 아이러니에 아날로지가 중첩된 우주를 전제로 하고 있다고 읽어야 하지 않을까. 「권태」에서 세밀하게 묘사되는, 미국 전역을 31년 간 불태운 악마적인 대화재 아임과 아임에 맞선 인간들의 처절한 저항에 대한 서사시는, 그대로 35.4°C의 체온으로 태어난 탓에 다른 사람들이 보통 갖게 되는 열정을 완전히 결여한 종희의 황폐한 내면에 대한 클로즈업이다. 「권태」에 종희의 권태에 대한 직접적 묘사는 많지 않지만 31년간의 아임의 대서사시를 읽으며 그것이 종희의 영혼의 세목들에 대한 아날로지임을 의심할 수 없다. 그리고 이 아날로지의 성립이 저 볼품없이 왜소한 인간들 내부에 대륙에 맞먹는 거대한 영혼의 지평이 있을 수 있다는 강한 암시이기도 하다. 우리가 이 소설에서 강력한 인상을 받게 되는 이유는, 아날로지를 통해 우리가 종희의 영혼의 세목들에 대한 풍부한 번역과 은유를 얻게 된 것 그리고 종희의 황폐하지만 거대한 내면을 관찰하는 동안 종희의 영혼뿐만 아니라 인간의 영혼에 대한 모종의 진실에 접근해가고 있다고 느끼게 되기 때문일 것이다. 말하자면 "우리의 본성에 관해 의미심장"(「개기일식」, 『낭만주의』, p.52)한 텍스트가 전달하는 감동 같은 것이 이 소설에는 있는 것이다(앞에서 '아이러니스트의 자기 경고'라는 차원에서 「너와 마을과 지루하지 않은 꿈」을 「권태」와 유사한 것처럼 설명하기도 했지만, '아이러니와 아날로지의 중첩'이라는 차원에서 보면 이 두 텍스트는 확실히 구분되어야 한다. 한편 「권태」에 아이러니스트의 충동이 내장되어 있다는 점은 앞 장의 마지막 부분에서 지적한 바 있다). 스노클링 도중 불의의 사고로 아내를 잃은 성범수가 바다에 복수하기 위해 첨단 과학을 연구한 끝에 지구상의 모든 바닷물을 산소와 수소로 찢어버리는 일을 실천한다는 「외톨이」도 같은 방식으로 읽을 수 있다. 일상적으로 겪는 만남과 헤어짐이 우리에게 주는 절망은 때로 '멸망'과도 같은 위력을 갖고 있기 때문에 그 규모면에서 장엄한 바다에 맞먹는 것이라는, 인간과 자연 사이의 모종의 아날로지. 그 아날로지를 경유한 성범수 혹은 인간의 영혼에 대한 클로즈업. 그 아날로지의 한 가운데 새겨져 있는 "우리는 모두 눈앞의 평화를 파괴할 절묘한 아이디어를 하나씩 품고 있다. 예나 지금이나 여기가 바로 지옥"(p.190)이라는 아이러니. 그러므로 "성범수의 생애에 기상천외한 낭만과 터무니없는 신비를 덧씌"(같은 면)우며 아이러니 없는 아날로지로 이 소설을 요약해서는 안 된다는 주의사항.

  반복하는 말이 될 뿐이겠지만, 「거기 있나요」와 「개기일식」에 대해서도 마저 이야기하기로 하자. 「거기 있나요」가 특히 우리의 흥미를 끄는 대목은, 근미래의 첨단 실험실에서 만들어낸 소우주 내부에서 벌어지는 진화의 과정이 곧 인류의 역사에 대한 아날로지이기 때문이다. 하지만 그 흥미가 장엄해지는 대목은 아이러니에 있다. 소우주의 관점에서 볼 때 초월적 존재인 실험자는 광자 조작을 통해 소우주 내부의 존재들을 굴복시키고 그들은 초월적 존재를 신성시하게 된다. 하지만 진화 과정에서 언제나 돌연변이가 발생하는 것처럼 소우주 내부 존재들 가운데 광자 조작에 굴복하는 대신 자율적인 사고 체계와 언어를 발달시키며 초월적 존재 이외의 것들에 대한 호기심을 충족시키려는 돌연변이 불신자 무리가 생겨난다. 그들은 갈수록 잔인해지는 실험자의 광자 조작에 끝까지 굴복하지 않고 자신들의 자율성을 믿고 나간다. 그들은 초월적 존재가 강요하는 주의력 조작을 수용하는 대신 그들만의 우주를 재서술하고 싶어 한다. 그러한 탐구의 끝에 그들은 초월적 존재에게 불복하고 재서술의 욕망을 포기해버린 다른 무리들의 광신과 비교할 수 없는 명철한 인식 속에서 자신들을 만들어내고 조작하며 관찰하고 있는 실험자의 존재에 대한 분명한 이해와 믿음에 도달하게 된다. 모든 실험이 종료되고 그간의 데이터들을 재검토하는 중에 이 돌연변이 불신자 무리들이 끊임없이 암송했던 그들만의 표현이 초월적 실험자를 향한 "이봐요, 거기 있어요?"(p.249)였음이 밝혀진다. 불신자만이 진정한 믿음에 도달할 수 있다는, 아이러니스트만이 형이상학적 진실에 접근해가는 생생한 삶을 살아낼 수 있다는 아이러니가 「거기 있나요」의 아날로지에 중첩되어 있는 것이다. 「개기일식」은 글쓰기의 진행이 곧 세계의 역사 그 자체라는 설정으로 되어 있다. 이 글쓰기와 세계 사이의 아날로지에도 물론 아이러니가 새겨져 있다. 성범수의 글쓰기가 처음으로 세계에 구현된 첫번째 에피파니는 개기일식이었다. "하늘 꼭대기에서 아주 거대한 것과 다른 거대한 것이 포개지는 중이었다. 팽팽하게 맞선 두 거대함이 나란히 겹쳐지면서 그로부터 불어온 폭풍이 도시의 일상에 깊고 날카로운 균열을 내고 있었다."(p.30) 그런데 이 이미지는 무엇에 대한 아날로지인가.

그러고 보니 하나의 거대한 것이 다른 하나의 거대한 것과 겹쳐지는 풍경에는 관점의 동등함[성범수의 첫 번째 에피파니는 리얼리즘 문학론과 모더니즘 문학론 모두를 존중하면서도 갱신하고자 하는 절망적인 시도 속에 도착한다]에 대한 은유 이상의 어떤 말랑말랑한 정서가 담겼을지도 모른다는 생각이 들었던 것이다. 그것은 아마도 미래에 대한 불가항력적인 긴장, 저보다 월등한 지성에 대한 두려움 같은 것일 수 있다. 또 아마도 그것은 완전히 똑같은 형태, 똑같은 질량을 가진 자기애와 자기혐오일 수도 있다. 아마도 어쩌면 그것은 또한 20대 특유의 막연한 불안일 수도 있다. 이것일 수도 있고, 저것일 수도 있다.

　　모두 그 [개기일식의] 풍경 속에 담겨 있었다.(p.47)

확신하지 말게, 라고 다슬기[성범수가 존경했던 두 교수 가운데 한 사람]가 속삭였다. 이야기를 만들 때 우리는 단어 하나마다, 문장 한 줄마다 선택을 하게 된다네. 그런데 그 결정이 옳았는지 틀렸는지는 알 수가 없지. 옳으면 기쁘겠지만, 영원히 알 수가 없어. 옳기를 바랄 뿐이지. 내 선택이 최선이기를 단지 바랄 뿐일세. (…)

확신에 찬 이야기는 믿지 말게나. 이야기란 본디 세계에 대답하는 장르가 아니라 질문하는 장르라네.

(…)

다슬기의 조언은 일종의 구원이었다. 왜냐하면 당시의 성범수는 자신에게 너무 실망한 나머지 더이상 아무것도 믿을 수 없던 참이기 때문이었다. 그러한 성범수에게 '믿지 말라'는 말은 그 자신이 현재 상처를 입고 체념한 상태가 아니라 모종의 깨달음에 도달한 상태라고 간주할 만한 여지를 주었다.(pp.34-35)

이 두 인용문을 요약하면서 종합하자면 이렇게 될 것이다. 개기일식의 에피파니는 단일한 의미를 갖지 않는다. 그것은 모든 가설들의 성립가능성을 함축하느라 거대한 풍경이 되었고 결정불가능성을 표현하느라 충돌하는 풍경이 되었다. '이것일 수도 있고 저것일 수도 있는' 개기일식의 풍경은 그저 끊임없는 재서술을 요구한다. 매번의 해석과 재서술이 최선의 것이었기를 바라며 해석하고 재서술 해야 하지만 그것을 최선의 것이었다고 확신하는 순간 이야기는 무너진다. 이것이야말로 한 가운데가 비어있는 아날로지의 깨달음이고 아날로지의 한 가운데 새겨져 있는 아이러니의 깨달음이다. "우리의 본성에 관해 의미심장해야 한다"는 원칙이 이 두 원리의 중첩, 그러니까 개기일식의 이미지 속에서만 지켜질 수 있다는 것이 박형서 텍스트의 가르침이다.

자전연보를 대신하여

내가 어린 시절 '죽음'과 '무한'에 대해 자주 생각했다는 기억은 사실에 기초한 것일까? 혹시 「자전연보」라는 분수에 맞지 않은 글을 쓰려니 내 시시하고 너절한 정신의 이력이 드러날까 두려워 그 위에다 모종의 '문학적인' 기억을 꾸며서 덧씌우고 있는 것이 아닐까. '죽음'은 그렇다 쳐도, 열 살도 되지 않은 꼬마가 '무한'이라는 단어를 써가며 생각이라는 것을 했다는 것은 아무래도 믿기 힘들다.

힘들지만 그것이 아예 불가능한 것은 아닐 테니까, 그것을 사실에 기초한 것이라고 가정해볼 수 있다면, 내가 어린 시절 '죽음'과 '무한'에 대해 자주 생각했던 것은 국민학교에 입학할 무렵 손에 넣게 된 계몽사 『최신컬러학습대백과』(?) 탓일 가능성이 크다. 화려한 컬러 도판과 함께 각종 어린이용 과학 지식이 잔뜩 실려 있는 그 책들은, 나의 부모님께서 자녀의 교육을 위해 없는 살림에 큰 맘 먹고 사주신 것이 아니었고, 외판원들의 모종의 사기에 속아 울며 겨자 먹기로 사게 된 것이었다.

무슨 일인가로 어머니가 잠시 집을 비운 어느 날, 번듯한 옷을 입고 우리 집을 찾아왔던 2인조 외판원이 그 엄청난 부피의 책들을 팔아치우려고

했을 때, 시골 고등학교 교사였던 아버지는 교육자로서 그 책의 필요성을 본인 또한 절감하지만 경제적인 고려도 필요하기 때문에 어쩔 수 없이 그분들을 돌려보낼 수밖에 없다는 점을 점잖게 설명하셨다. 하지만 며칠 뒤 아버지가 집에 계시지 않았던 어느 날 재방문한 그들은 지난번에 아이 아버님께서 오늘 책을 구매하기로 약속하신 것을 믿고 왔는데 막무가내로 안 산다고만 하면 인간된 도리가 아니지 않느냐는 취지로 어머니를 속였던 것이다. 평소 아버지는 방문판매원이 된 졸업생들이 찾아올 때마다 우리에게는 별 소용도 없는 물건들을 자주 사들여왔기 때문에 어머니는 속으로 '이 인간이 또…'라고 생각하시면서 2인조 사기꾼들의 말을 믿어버렸던 것 같다. 아버지와 어머니는 이 어려운 시기에 왜 그런 쓸데없는 책을 사는 데 큰돈을 썼느냐고 큰 소리로 서로를 비난했는데, 비난의 시간이 너무 길어진 나머지 많은 정보가 교환되었고 그 결과 사건의 전모가 서로에게 이해되었다.

그런데 그 두 차례의 방문 때마다 아버지의 바짓가랑이를 잡고 있거나 어머니의 치맛자락을 붙들고 있던 막내아들은 그 2인조 사기꾼들의 거짓말을 뻔히 알고 있었으면서 왜 어머니에게 아무 말도 하지 않았던 것일까? 검은 양복을 입고 있는 낯선 아저씨들이 무서웠나? 아니면 그 책들이 너무 갖고 싶었기 때문에 자기도 모르게 3인조 사기꾼 일당의 일원이 되고 말았나? 설마, 그 모든 말들을 다 듣고도 그게 거짓말인지 뭔지 분간도 못할 만큼 멍청했나? 부모님들은 두 번째라고 생각하셨던 탓에, 사기꾼들이 놓고 간 책을 다시 가져가라거나 앞으로 남은 할부금도 더 낼 수 없고 이미 지불한 계약금도 다시 내놓으라고 큰 소리를 내거나 하지는 않았다. 이 점잖은 체념에는, 어린 아들이 카세트테이프가 딸린 동화책을 들여다보다가 혼자서 한글을 깨친 적이 있으므로, 이 책도 그런 종류의 효과를 가져오리라는 희망이 섞여 있었으리라.

유년기의 내가 그 책들을 닳도록 자주 읽었던 데에는 그런 사정이 있었던 것이다. 부모님의 기대에 부응하기 위해 그 책을 열심히 읽는 시늉이라도 하지 않을 수 없었다는 뜻이 아니고, 그 책이 무슨 내용이었건 간에, 그 책을 열어보기도 전에, 그 시끌벅적한 구매 과정 속에서 그 책의 표지에 모종의 죄책감과 부채감과 (아이에게는 충분히 음험한 것으로 받아들여졌을) 범죄의 쾌락 같은 것이 덕지덕지 묻어버려 그 책이 내게 기이한 매력을 띠게 되었다는 것이다.

스무 권도 넘었던 그 책들 가운데 나는 몸 속 장기들을 보여주고 그 기능을 설명한 책을 특히 좋아했지만 공룡 시대와 그 종말을 다룬 책만큼은 아니었다. 공룡들은 너무 무섭거나 괴상하게 생겼지만 바로 그 이유 때문에 그것들에게서 눈을 뗄 수 없었다. 어느 시기 갑자기 멸종해버렸다는 그들의 결말 또한 너무나 드라마틱했고 과학자들조차도 그들의 멸종 이유에 대해 몇 가지 가설을 가지고 토론할 뿐 확실한 이유를 알 수 없다는 신비로움도 마음에 들었다. 그러나 공룡들보다 더 자주 펼쳐봤던 것은 우주에 관한 책이었다. 지구가 깊은 적막 속에서 굉장한 속도로 태양의 주위를 돌고 있다는 것, 그 적막은 살인적으로 춥고 어둡다는 것, 지구보다 수십 배 더 큰 별들도 저 멀리서 태양의 주위를 돌고 있다는 것, 그것들이 얼마나 멀리 있는지 태양계의 끝에 가는 데는 엄청나게 빠른 우주선을 타고도 몇 년이 걸린다는 것, 태양계와 같은 별무리들이 수백 수천 개가 모여 은하계를 이루고 있는데 그 은하들이 우주 곳곳에 흩어져 있으며 우주에는 끝이 없을지도 모른다는 것, 그러니까 그 살인적으로 춥고 어두운 적막이 얼마나 거대할지 상상이나 가느냐는 것 등등. 그 가늠할 수 없는 거대함과 그 거대함을 품고도 계속해서 커지고 있는 어둠이, 그 어둠의 군데군데 이물질처럼 박혀 반짝거리다가 폭발하고 다시 태어나는 별들이, 그것들에 비하면 인간적인 규모의 삶과 문명이나 역사라는 것은 도무지 티끌에 지나지 않는 것처럼 보인다는 것이, 어린 나를 이루 말할 수 없이 무섭고 황홀하게 했다.

저 깊고 거대한 어둠으로부터 작은 혜성이 하나 지구를 향해 날아오고 있는데 그 충돌로 지구가 멸망할지도 모른다며 구체적인 날짜까지 말해주는 대목도 있었는데, 그것마저도 어쩐 일인지 나를 흥분시켰다. 모든 게 다 부서질 때 나도 부서지고 죽게 될 것이라는 생각이 무섭지 않은 것은 아니었지만, 그렇다면 죽음 이후에 그 죽음 이후를 궁금해 하고 있는 지금의 나의 이 생각, 내 머릿속을 울리고 있는 이 생각은 어떻게 되는 것일까 같은 궁금증을 제거해버릴 만큼 무섭지는 않았다. 아주 이상하고 비논리적인 추론 방식이지만, 그런 생각이 완전히 소멸해버리는 것은 도저히 상상할 수 없으므로 지금 이런 생각을 멈출 수 없는 이 의식은 사라지지 않을 것이다, 비록 인간으로서는 죽음에 이르겠지만 다른 형태의 무엇인가로 그 의식은 모습을 바꿔 존속하게 될 것이다, 모습을 바꿔 가며 존속하게 될 그것이 진짜 나다, 가난한 시골 학교 교사의 둘째 아들로서의 삶은 내가 그저 스쳐 지나가는 무수한 가면들 가운데 하나다, 시골 학교 교사의 둘째 아들의 삶을 초과하면서 무수한 가면들을 거쳐 가고 있는 진짜 나는 말하자면 무한하게 변신하는 존재이고 그런 점에서 저 무한한 어둠의 심연과 모종의 관계가 있을 것이다, 그런데 이것이 사람들이 말하는 윤회의 본질일까, 라고 결론 내렸다. 물론 그 추론 과정에서 '소멸' '의식' '존속' '무한' '심연' '본질'과 같은 말을 이용할 수는 없었겠지만.(고등학교 국민윤리 시간에 데카르트의 '나는 생각한다, 고로 존재한다'라는 명제를 접했을 때 나는 약간의 충격을 받았다. 나는 항상 스스로를 과대평가하는 종류의 인간이었던 탓에, 데카르트적 성찰의 한 대목이 내 여덟 살 무렵의 망상과 너무 비슷하다고 느꼈던 것이다. 대학원생이 된 뒤에야 읽은 데카르트와 하이데거 그리고 이들의 주석가들 덕분에 그 과대평가가 웃기는 일이었다는 점을 인정할 수 있었지만, 거기에 아주 약간의 근거가 있다는 생각을 완전히 떨치기 어려웠다.)

　그 허술하고 괴상한 결론(나는 죽을 거지만 죽지 않을 거다, 이 모순율이 성립하는 이유는 나의 유한존재가 무한존재와 직접적으로 연결되어 있기 때문이다, 나는 내가 아닌 것이다, 그것을 풍경화할 때 우주의 검고 빛나는 광경이 펼쳐진다, 이 모든 것은 이런 생각에 끊임없이 몰두하고 있는 나의 의식과 저 우주의 검고 반짝이는 무한한 풍경이 입증한다)이 나를 안심시켰고 그 안심에 기대서, 이미 무한한데다가 더 커지고 있다는 그 깊은 어둠 속을 나는 상상 속에서 반복해서 탐험했다. 그 탐험은 상상 속에서보다 꿈에서 훨씬 근사했다. 대학생 무렵까지 내가 반복해서 자주 꿨던 악몽은, 하늘을 날아다니는 유쾌한 기분으로 시작하는데 어느 순간 비행능력을 제어할 수 없게 되는 바람에 우주 밖으로 튕겨져 나가 그 깊은 어둠을 뚫고 태양을 비롯한 너무 거대한 별들 별무리들과 만나는 것으로 끝나곤 했다. 그 광대함이 얼마나 황홀하고도 무서웠던지 나는 거의 숨을 쉴 수 없는 상태가 되어 꿈에서 깨어나곤 했다. 마흔 가까이가 되어 보게 된 영화 〈그래비티〉나 〈인터스텔라〉의 우주 스펙터클은 어릴 적의 황홀한 악몽을 상기시켜주기는 했지만 내가 반복해서 겪었던 공포 체험에 비하면 지나치게 소박하고 예쁜 정도에 그쳤다. 대학교 3학년 시절 읽었던 『판단력 비판』 가운데 '숭고미'를 설명하는 대목이 내게는 꿈 속 우주체험에 더 부합하는 것처럼 읽혔다. 마주한 대상이 지나치게 크고 강하기 때문에 그것을 차분하게 파악할 수 없으면서도 그 대상에 그저 압도되어버리지 않을 수 있다면 그 대상으로부터 주입된 자극으로 인해 또 어떻게든 그 대상을 파악하겠다는 과도한 미션을 수행하는 과정을 통해 나 자신이 고양될 수 있다는 식으로, 나는 숭고미를 이해해버렸고 그것이 칸트의 미학이론 안에서도 다소 돌출적인 삽화가 아니라 어디에서나 적용되는 보편적인 아름다움의 요체 혹은 예술의 효과라고 (잘못) 이해했던 것이다. 이 선입견이 이후 내가 예술이론을 공부할 때 항상 모종의 인력으로 작용했던 것 같다.

사상적으로 이렇게까지 빈약한 인간의 개인사를 정리하는 것에 별다른 의미가 있기 어렵겠지만, 독특한 취향을 가진 독자들의 사소한 재미를 위해서 정리해보기로 하자면 이렇게 말할 수 있을 것이다. 계몽사 『최신컬러 학습대백과』 우주편은 어린 내게 모종의 '감정연습'을 시켜주었다. 그 황홀한 두려움을 들여다보는 과정에서 나는 '죽음'과 '무한'에 대해 오래 자주 생각하다가 자기도 모르게 사이비 플라톤주의 및 사이비 데카르트주의 잡탕과도 같은 생각의 경로에 사로잡혔다. 그것이 이후 내 빈약한 독서와 생각과 감정에 계속해서 개입했으며 어떤 의미에서는 규제하기까지 했다. 10대 시절, 빈약한 독서 경험의 와중에도 『수호지』와 『삼국지』는 흥미진진한 이야기이긴 하지만 사실은 유치한 짓거리들에 불과한 것이라고 생각했던 것도, 차라리 『데미안』이나 『폭풍의 언덕』이 위대한 문학이라고 생각했던 것도, 20대가 되어 무식을 면하려고 이런저런 번역시들을 억지로 들춰볼 때 별다른 반응을 보이지 못하다가도 '릴케'만큼은 떨며 읽을 수 있었던 것도, 비슷한 시기 윤대녕이나 윤후명의 소설에 드물게 집중할 수 있었던 것도, 돌이켜 보면 어떤 일관성 아래 있었던 것 같다. 아마도 그 막연한 일관성을 스스로 의식하고 그것을 이론적으로 해명하는 것이 내 20-30대의 수업시대에 했던 일인 것 같다.

내 수업시대의 맨 첫 장은 스무 살 무렵 학교 앞 서점에서 우연히 만난 조르주 바타이유의 『에로티즘』을 읽는 것이었다. 그 책 그리고 뒤에 읽은 바타이유의 다른 번역서들은 내게 개체적인 것들이 모종의 과정을 거쳐 개체적인 것을 넘어서는 어떤 거대함 속으로 녹아들어 가는 황홀함에 대해 인류학적으로(?) 생각할 수 있게 도와줬고 그 황홀함의 위험성에 대해서도 그 위험한 황홀함에 대한 사유의 황홀함에 대해서도 알게 해줬다. 바타

이유가 다양한 문맥 속에서 작동시키는 연속성과 불연속성의 대립쌍을, 내가 다음과 같은 장소들에서 떠올리며 상당한 정도의 호응관계를 읽어낸 것이 전문가들에게는 지나치게 단순한 오해로 판정될지도 모르겠다. 하지만 이 오해가 없었다면 이십대의 아마추어 철학 독자인 나로써는 다음의 사상가들을 이해하는 입구 근처에도 들어서지 못했을 것이다. 하이데거의 존재와 존재자의 대립쌍, 블랑쇼의 바깥과 세계의 대립쌍, 니체의 악과 선의 대립쌍, 들뢰즈와 가타리의 분열증과 오이디푸스의 대립쌍, 그리고 어쩌면 데리다의 텍스트와 그 텍스트 곳곳에서 앙금으로 맺혀 현전하는 것들의 대립쌍, 기타 등등.

알렉상드르 코제브의 『역사와 현실변증법』, 장 이뽈리뜨의 『헤겔의 정신현상학』 그리고 헤겔의 『정신현상학』, 그리고 이어서 지젝을 읽은 것은 바타이유와 하이데거를 조금 읽고 난 뒤 그리고 블랑쇼, 니체, 들뢰즈, 데리다를 읽어보기 전의 일이었지만, 헤겔의 변증법이 내가 반복해서 발견하는 대립쌍들을 단순한 대립관계로 처리해버리지 않도록 도와주는, 그 대립쌍들이 서로를 불러일으키며 얽히고 자리를 바꾸게 하는 '운동'과 '과정'에 대해 항상 생각하도록 강제하는, 그 대립쌍들을 고정된 실체로 이해하고 싶은 게으른 사고를 질책하는 실천적 방법론으로 이해된 것은 비교적 최근의 일이다. 그런 이해가 너무 늦게 찾아온 것은 아마도 (이런 식으로 표현하는 것이 허락된다면) 나의 지적여정이 유년기의 신비주의적 망상에서 자라난 '죽음'과 '무한'의 중력으로부터 자유롭지 못했기 때문일 것이고, 나의 체계적이지 못하고 불성실한 독학이 무엇을 읽든 그것을 자꾸만 몰역사적이고 추상적이며 형이상학적인 쪽으로 추락시키기 쉬웠기 때문일 것이다. 그럼에도 저 신비주의적인 오해들이 배양한 힘이 아니었더라면 내가 무엇인가를 조금 공부해본 것도 또 지금까지의 공부에 대한 자기 수정을 시도하는 것도 그리고 그러한 공부가 언제나 문학적인 것 주위를 맴도는 것이라고 믿어버리는 것도 다 불가능했을 것이다. 그 힘이 내게 없었더라면, 어디서나 '사회적인 것'을 발견하는 즐거움에 흠뻑 빠진 바람에 사회적인 것에 미달하거나 그것을 초과하는 맥락을 간단히 뭉개버리는 사람들 그러니까 사실 '사회적인 것'에 대해 잘못 이해하고 있는 교조주의자들에게 훨씬 더 쉽게 굴복했을 것이다.

　내가 써왔던 저 볼품없는 글들에 대해 말해도 된다면, 나는 '죽음'과 '무한'이라는 주제를 '내용'으로 다루고 있는 텍스트들을 수집하고 그것이 얼마나 의미심장한 것인지를 설득하려는 초보적인 수준에서 직업적인 비평을 시작한 뒤, 저 '운동'과 '과정'이 그 텍스트들 안에서 실제로 어떻게 작동할 수 있는지를 보여주고 그것을 독자들의 읽기 안에서 재생산시키는 것을 나의 글쓰기의 목표로 서서히 변경시켜왔다고 말하고 싶다. 내가 옳게 이해했다면, 그것은 보다 더 정밀한 내재적 비평을 시도했다는 뜻이 아니고, 삶과 텍스트 혹은 역사와 가상이 서로에게 침투하는 방식에 대한 고찰을 시도했다는 뜻일 것이다. 뒤늦게 아도르노, 프레드릭 제임슨, 아우어바흐 등을 읽으며 '형식'에 대해 다시 생각해보려고 했던 것도, 프로이트를 정신 조직의 비밀을 밝혀낸 분석자이기 보다, 도저히 화해 불가능한 요소들을 어떻게든 엮어서 자신의 삶을 살아내야만 했던 인간들이 어떻게 그 요소들을 환자 자신의 텍스트 안에 배치하여 모종의 의미를 생산하거나 배제하는가 하는 사례 수집가로 다시 이해하게 된 것도 나의 글쓰기의 궤도 수정의 일환이었던 것으로, 이 글을 쓰고 있는 지금에 와서는 생각된다.

포스트-휴먼-노블

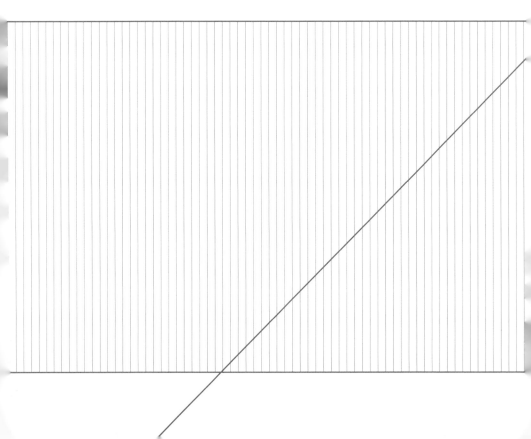

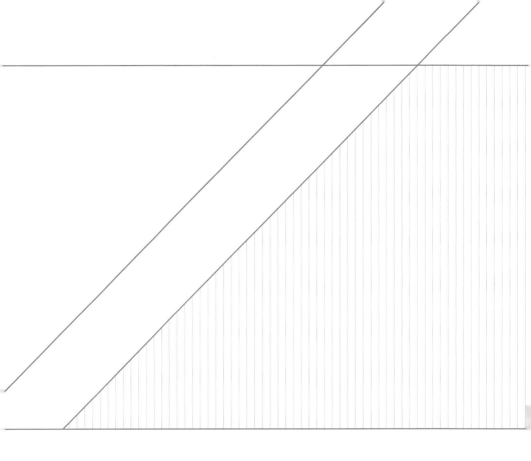

강동호

연세대학교 경제학과 졸업. 동대학원 국어국문학과에서 박사 학위를 받음.
〈조선일보〉 신춘문예 평론 부문으로 등단.(2009)
현재 인하대학교 한국어문학과 교수.
〈문학과사회〉 편집 동인으로 활동하고 있음.
grimae@gmail.com

포스트 – 휴먼 – 노블

1. 역사의 종언과 포스트휴먼

> 우리는 자연에 기초한 인류학적 인간 본성을
> 가진 인간을 완전히 소멸시켰기 때문에, 우리
> 는 확실하게 인간의 역사를 종결시켰던 것이
> 다. 그 이후로는 새로운, 포스트휴먼(posthuman)
> 의 역사가 시작될 것이다.
>
> – 프란시스 후쿠야마

미국의 정치학자 프란시스 후쿠야마는 외교 전문 학술지인 『내셔널 인
터레스트』(The National Interest)의 1999년 여름호에서, 10년 전 자신이 제기하
여 전 세계적으로 큰 파장을 일으켰던 테제 '역사의 종말'에 관한 다른 생
각들을 전개한 바 있다. 「역사의 종말에 대한 재고: 유리병 속의 최후의 인
간」(Second thoughts: the last man in a bottle)이라는 제목의 글을 통해 그는 『역사의
종말과 최후의 인간』(1992)에 가해졌던 무수히 많은 비판들을 복기하며, '역

사의 종말'을 부인하는 일련의 비판들이 결과적으로 논점에서 벗어났음을 하나씩 짚어나간다. 하지만, 정작 주목해야 할 부분은 칸트의 '영구평화론' 과 헤겔의 '변증법적 역사철학'에 토대를 두고 있는 그의 논의 자체를 스스로가 부정하는 대목이다. 놀랍게도 그는 '역사의 종말'이라는 테제가 필연적으로 틀릴 수밖에 없다는 사실을 최근에 깨달았다고 고백하는데, 그것은 역사철학적 종말론의 전제를 이루는 인간 본성(human nature)에 관한 믿음을 뒤흔드는 혁명의 조짐들이 도처에서 발견되고 있기 때문이었다.

잘 알려져 있다시피 헤겔의 변증법에 기초한 후쿠야마의 역사철학적 논의에서 핵심을 차지하는 것은 타인의 인정을 욕망하는 인간의 본성이다. '인정을 위한 투쟁'(struggle for recognition)이야말로 역사적 진보를 가능하게 하는 동력이라고 할 수 있다면, 자유민주주의와 자본주의적 시장은 그와 같은 인정의 무대를 제공하는 가장 자율적이고 효과적인 체제에 해당한다. 달리 말해, 공산주의 기획이 실패할 수밖에 없었던 핵심적 이유는 인정을 욕망하는 인간의 본성을 과소평가하고, 더 나아가 인간의 본성을 충분히 개조함으로써 '새로운 소비에트 인간'(new Soviet man)이라는 종을 출현시킬 수 있으리라는 헛된 낙관주의에 있다. 인정에 있어서 만족을 모르는 인간을 사회적 제도와 이념적 규범으로 규제하는 일이 실패로 귀결되는 것은 그러므로, 불가피하다.

사정이 그러하다면, 역사 종말론의 조건 중 하나인 인간 본성에 변화가 나타날 때, 다시 말해 인간 본성에 대한 근본적인 개조가 가능해질 때 이야기는 달라지는 것이 아닐까? 후쿠야마가 1990년대 후반부터 본격화 되고 있는 두 분야에서의 혁명, 즉 IT 혁명과 생명공학의 혁명에 주목하고 있는 것은 그 때문이다. 생물학의 시대라고 불리는 새로운 세기에 도달하게 된다면 인간은 유전자를 조작함으로써 생물학적 한계를 극복하고, 기계 장치들로 자신의 신체를 대체함으로써 인간을 새로운 종으로 거듭날 수 있게 할 것이다. 공상 과학 소설에나 나올 법한 먼 이야기가 아니다. 후쿠야마에 따르면, 과잉 행동 장애(ADHD)와 우울증을 치료하기 위해 리탈린(Ritalin)과 프로작(Prozac)과 같은 약물에 의존하는 현대의 미국인들은 포스트휴먼의 전 초적 징후다. 이러한 징후들은 이성적이고 자율적인 인간을 추구하는 근대 휴머니즘의 이상에 비춰봤을 때 부정적으로 평가되어야 할 현상이겠지만, 과거의 휴머니즘적 망령과 단호히 결별할 수 있다면 우리는 새로운 인간, 즉 포스트휴먼의 도래를 두려워 할 필요가 없다. 덕분에 인간은 인정 욕망이 야기하는 무수히 많은 내적 갈등과 현실에 대한 불만으로부터 해방되는 신세기를 맞을 수 있을 것이기 때문이다.

> 인류의 과거 세대들이 사회질서를 건설하기 위하여 인정을 향한 고통스러운 투쟁을 감내하고 불안감과 함께 자아를 극복하기 위해 노력했다면, 이제는 알약 한 알을 복용함으로써 이러한 문제들을 해결할 수 있는 것이다! 어떤 면에서 우리는 유리병 안에 갇힌 니체의 최후의 인간을 대면하고 있는 것이다. 역사의 토대가 되었던 현 상황에 대한 불만족과 경멸적인 상황들은 순식간에 사라질 것인데, 그 이유는 자유민주주의 때문이 아니라 우리가 문제의 근원이었던 두뇌의 화학물질을 갑자기 변경할 수 있기 때문이다.

이러한 세계에서도 과연 역사적 의미를 찾을 수 있을까. 물론, 생명공학에 대한 후쿠야마의 과도한 낙관에 동의하는 것은 쉽지 않으며, 그가 그리는 포스트휴먼의 장밋빛 미래에 관해 이견을 제시하는 것도 충분히 가능하다. 다만 염두에 두어야 할 것은 그의 극단적인 미래주의가 '내면적 인간'이라는 근대 휴머니즘에 기반을 둔 전통적인 인간의 소멸을 암시하고 있다는 점이다. 타인의 인정을 바랄 필요도 없고, 현실에 대한 불만으로 고통받을 일 없는 포스트휴먼의 세계에서 인간은 여전히 생존이 가능할 것인가. 아니, 생존할 필요가 있기는 한가. 이어서 이런 질문들이 자연스럽게 제기된다. 휴먼의 퇴조가 거부할 수 없는 역사적 필연이라면, '내면적 인간'에 기초한 문학적 글쓰기는 어떤 운명을 맞게 될 것인가.[1] 과연 포스트휴먼의 노블은 가능한가? 김사과의 새 장편소설 『N.E.W』와 오한기의 『나는 자급자족 한다』의 문제적 성격은 바로 이러한 질문에 대한 징후적 대답이라는 점에 있다.

2. Ecce homo, 이 인간을 보라
   - 김사과 『N.E.W』

김사과의 소설들을 꾸준하게 따라 읽은 독자라면 무엇보다 분노와 충동으로 가득한 김사과의 초기 소설들이 선사했던 강렬한 충격을 쉽게 잊지 못할 것이다. "주위의 모든 것이 내 분노의 원인이다"(『영이』, 창비, 2010, p.191)라고 말하며, 마치 세계를 잿더미로 만들어버리겠다는 듯 거침없이 파괴를 일삼았던 아이들, 세계는 물론이거니와 자기 자신까지도 무(無)의 상태로 되돌려버리겠다는 듯 현실과 함께 과감히 자멸의 길을 택했던 김사과

---

1   이 지점에서 가라타니 고진의 저 유명한 '근대문학 종언론'을 떠올리는 것은 자연스럽다. 그가 기대고 있는 논리 역시 후쿠야마가 참조하고 있는 헤겔-코제브의 역사철학적 목적론이라는 사실은 같은 맥락에서 강조될 필요가 있다. 근대국민 국가의 성립이 완수되고, 자본주의와 시장 바깥의 대안이 전혀 발견될 수 없다고 여겨지는 역사의 단계에서 소설이 더 이상 작동할 수 없다는 가라타니의 지적이 공통적으로 지적하고 있는 것 역시 '내면성'의 완벽한 종언이다.

의 인물들은 한국소설사에서 듣도 보도 못한 새로운 인간형의 출현을 예감하게 했다. 그녀의 인물들이 살인, 시체 유기, 방화와 같은 끔찍한 행동들을 서슴없이 저질렀던 이유는 그들이 하나 같이 세계에 아무런 희망이 존재하지 않는다는 비밀을 일찌감치 깨달은 조숙한 아이들이었기 때문이었다. 성장의 가능성이 없고, 나 바깥의 세상이 모두 적으로 보이기 시작할 때 가능한 행위는 세상의 파괴뿐이다. 물론 그것이 전부는 아니었다. 그녀의 대표작 중 하나인 장편소설 『풀이 눕는다』(문학동네, 2009)에서는 오직 사랑을 향해 자신의 온 육체와 정신을 집중시키는 인간의 낭만적 혁명성을 노래하기도 했다. "사랑은 책임을 뜻하지 않는다. 그건 가장 살아 있다는 걸 뜻했다. 그리고 살아 있다는 것은, 과거와 미래를 망각한다는 뜻이다. 끝없이 이어지는 지금 이 순간만을 바라보겠다는 약속이다. 그게 바로 사랑이다."(p.158) 과거에 대한 회한과 미래가 야기하는 불안을 망각하고, 현재의 가능성에만 집중하겠다는 고집스러운 의지는 분명 낭만적이지만, 결과적으로 실패로 귀결될 수밖에 없는 것이기도 했다. 사실 분노와 사랑으로 세상을 혁명하겠다는 것은 지나치게 무모한 이상이 아닌가. 실패의 관점에서 돌이켜보면, 김사과의 급진적이면서도 진정성 넘치는 소설들은 우리가 마침내 직면하게 될 인간의 최후를 미리 고지하는 일종의 종말론적 만가와 같다고 해도 과언이 아니다. 문제는 인간의 최후 이후에도 세상은 멸망하지 않고 여전히 그 현실을 살아가는 존재들은 남아 있다는 점에서 발생한다. 역사 이후를 살아가는 인간들, 인간의 최후를 몸소 자살의 형태로 선보였던 아이들 이후에 남는 존재들은 도대체 누구일까?

김사과의 새 장편소설 『N.E.W』은 그러한 궁금증에 대한 일종의 대답처럼 읽힌다. 그녀의 과거 소설들이 발휘했던 강력한 인상들을 기억하는 독자라면, 새 장편소설 『N.E.W』에서 이와 극명하게 대비되는 권태로운 분위기와 초현실적 풍경이 의아해하게 느껴질지도 모른다. 확실히 『N.E.W』의 인물들은 더 이상 분노하지도, 사랑에 전념하지도 않는다. 김사과의 분신에 가까웠던 가난한 예술가들이 사라지고, 그 자리를 대체하는 것은 재벌 3세이거나, 그들의 세계로 진입하기를 관음증적으로 욕망하는 속물적 인물들(이하나와 성공자) 뿐이다. 물론, 그 속물의 세계에도 갈등과 파국이 없는 것은 아니다. 그러나, 이전 작품들에서 선보였던 김사과의 분노가 역사의 종언 이전에 던져진 마지막 인간의 비명과 같은 의미를 지니고 있었다면, 이 소설에서 나타나는 모든 행동과 사건에는 그 어떤 역사적 의미를 부여받지 못하는 것 같다.

분노와 사랑이라는 두 축을 토대로 세계와 싸움을 벌이던 김사과의 글쓰기가 이제 새로운 단계에 진입하고 있는 것일까? 어쩌면 그럴지도 모른다. 그러나, 소설에서 구현되는 세계는 과거 김사과 소설의 그것과 전혀 다른 성격을 지녔다기보다는 그 연장선상에서 마침내 목격되는 전-미래적 현실이라고 해야 한다. 그런 맥락에서 소설의 첫 대목에 등장하는 문장은 의미심장하다. "바야흐로 포스트모던한 세계 속에 성공적으로 첫발을 디딘 것이다."(p.13) 김사과의 소설이 새롭게 진입하고 있는 포스트모던한 세계는 이전 시대에 유행하던 유희적이고도 자유로운 포스트모더니즘과 아무런 관련이 없어 보인다. 오히려 그것은 극도로 세속적이어서 비현실적인 세계, 일체의 신비나 초월의 가능성도 필요로 하지 않을 만큼 완벽하게 구축된 세계이다. 일찍이 그녀의 장편소설 『천국에서』(창비, 2013)부터 본격적으로 무대화되기 시작했던 이러한 소설 공간은 자본주의라는 유일무이한 천국 바깥을 상상할 수 없는 시대, 즉 혁명의 가능성이 애초부터 제거된 지옥을 바라보는 현 세대의 냉소적 세계관을 보여주는 듯하다. 그 세계를 살아가는 인물들은 일전에 코제브가 예견했던 속물의 사례들처럼 보일 수 있을 것이다. 그러나, 상황은 그보다 더 심각하다. 역사의 종언을 이야기하는 과정에서 코제브가 상상했던 속물이 타자의 인정만을 극단적으로 추구하는 텅 빈 존재들이라면, 소설 속 정지용 일가가 대변하는 새로운 유형의 인간은 그와 같은 속물적 형상을 명백히 뛰어넘고 있으니 말이다.

타인의 인정조차 필요로 하지 않는 인간, 다시 말해 주체성이 완전히 제거된 괴물과 같은 완벽한 인간으로서의 포스트휴먼이 탄생하고 있음을 말하고 싶은 것일까. 이를 살펴보기 위해서는 소설 속 인물들의 다소 괴상한 형상들에 주목해야 할 것이다. 인간 역사에 관한 장광설을 늘어놓는 오손 그룹의 회장 정대철이나, 그를 살해하는 아들 정지용에게서 우리는 전통적인 의미의 '악'이나 속물적 인간의 단면을 발견할 수 없다. 그 모든 부정적 가치들이 결국 휴머니즘에 대한 인간 이해에 기초한 것이니, 휴먼의 퇴진 이후를 살아가는 이들에게서 나타나는 모든 말과 행동 앞에서 과거의 가치 평가는 무기력하기만 하다. 이들에게는 인간의 동물적 징표라고 할 수 있는 욕망이 부재하며, 속물적 징후라고 할 수 있는 타자를 경유한 자기 인식 또한 불필요하다. 내면과 외면이 완벽하게 일치된 것처럼 보이는 인간들, 즉 최후의 인간 이후의 인간들에게 현실과 망상의 경계가 구분될 수 없는 이유도 거기에 있다. "'나에겐 보이지 않는 어둠의 동료들이 있다!' 이것은 사실 대표적인 편집증 망상이다. 문제는, 정지용에게는 그것이 망상이 아닌 사실이었다는 점이다. 그는 진짜로 감시당하고 있었다."(p.194) 망상이 곧 사실일 수밖에 없는 시대, 동물과 속물의 구분이 불가능한 시대의 인간들에게 이제 내면 따위란 존재할 수가 없다. 이른바 인간의 종언이 곧 내면의 종언과 같다는 것. 소설의 후반부에서 정대철과 아들 정지용이 나누는 대화는 김사과의 이와 같은 시대적 진단을 명료하게 압축하고 있다.

우리가 우리를 인간이라 부르기로 할 때 그 인간은 혹은 우리는 우리로 부터 영원히 멀어지게 되는 것이다. 이것봐라. 말도 꼬이기 시작하지 않느냐? 그렇게 우리는 진짜 존재하는 인간으로부터 영원히 멀어지게 되는 것이다.(p.264)

새로운 시대엔 새로운 시대에 맞는 거짓말이 필요하다는 거예요. 새로운 세계에 걸맞은 환상이요. 죄송한데요, 아버지의 시대는. 끝났어요. 아버지의 거짓말은, 아버지의 사기는, 그 조잡한 마술은 이제 통하지 않아요.(p.269)

정지용이 대변하는 포스트모더니즘의 세계는 아버지 정대철이 만든 세계와 연장선상에 있으면서 전혀 다른 단계를 암시하는 것처럼 보인다. 아버지 정대철이 끊임없이 인간을 부정하면서, 다른 한편으로는 인간에 대한 모종의 회환과 추억으로부터 벗어나지 못한 최후의 인간이라면, 그래서 끊임없이 자신의 새로운 인간관을 설파하는 계몽주의적 군주로 남아야만 했다면 정지용은 아버지 정대철에게 남아 있는 한줌의 인간주의마저도 물려받지 않은 인물이다. 그는 태초부터 자연스럽게 탈인간화 되어 있다. 사정이 그러하니, 자신의 애인인 이하나의 팔을 자르고 그것을 뜯어 먹었으면서도 도리어 그녀에게 "하나 씨 고마워요, 사랑해요"(p.283)라고 말하는 정지용의 편지에는 한 치의 거짓도 없다고 해야 한다. 이미 진실과 거짓도, 환상과 현실도 구분할 수 없는 초현실적 세계에 진입한 포스트휴먼이 내뱉고 있는 말이니 말이다.

그렇다면 분노에 기반을 둔 김사과의 급진주의적 저항은 이제 끝이 나버린 것일까. 확실히 『N.E.W』에서 우리는 진정성에 대한 김사과식 과잉 충동을 더 이상 발견할 수 없다. 그렇다고 김사과의 인물들이 성장이나 성숙의 과정을 거쳤다고 말하기도 어렵다. 이미 성장 자체가 불가능한 시대이니, 오히려 그것을 대신하는 것은 위악에 가까운 소설가의 차갑고 냉정한 시선, 이 모든 세계를 조망하는 3인칭적 시선이다. 일반적으로 3인칭이 근대 소설의 성숙한 관점을 대변하는 장치로 여겨지는 것과 달리, 김사과의 3인칭은 왜소하고 평면적이기 그지없다. 그래서 어떤 독자들은 김사과의 서술자가 보여주는 과도한 개입과 사회학적 논평들이 어색하게 느껴질지도 모른다. 그러나, 언제 김사과가 소설의 전통적인 문법에 순응적이었던 적이 있던가. 인간이 종말을 고하고 있는데, 자신이 쓰고 있는 글쓰기가 소설인지 아닌지가 뭐가 중요하겠는가. 대신, 세계를 조감하는 그녀의 서늘하고도 냉정한 시선은 오히려 우리에게 이렇게 주문하고 있다. 이 인간들을 보라. 지금, 인간을 넘어선 포스트휴먼들이 도처에서 탄생하는 중이다.

3. 포스트휴먼 시대의 영웅
-오한기,『나는 자급자족 한다』

이렇게 말할 수 있다면, 오한기의 소설은 우리가 더 이상 인간으로 살아갈 수 없는 종말 이후의 상황에서 과감하게 인간성 바깥으로 탈주하는 인물들, 들뢰즈라면 '동물-되기'라고 불렀을 법한 형상들을 거침없이 그려왔다. 마치 휴머니즘을 조롱하려는 듯 오한기는 인간을 한낱 홍학으로, 돼지로, 바게트 소년병이라는 낯선 형상으로 탈바꿈시키면서 인간을 규정하는 최소한의 품위마저도 망설임 없이 짓밟아버렸다. 물론 사람을 낯선 동물로 변신시키는 황당한 소설들이 계보학적으로 낯선 것이라 할 수는 없다. 저 옛날 오비디우스의 재기 어린 변신담에서부터 카프카의 영웅적인 변신, 그리고 최근에는 박민규의 애잔한 변신 스토리에 이르기까지 인간이 인간 이외의 존재로 변신하는 일은 그리 새로운 소재는 아닐 것이다. 다만, 주목해야 할 것은 오한기의 동물-되기가 한줌의 미련이나 위악도 개입할 여지가 없을 만큼 지독한 인간혐오(결국은 자기혐오)로 추동되고 있다는 사실이다. 최소한의 휴머니즘도 거부하는 오한기의 글쓰기는 자연스럽게 근대 휴머니즘 문화의 절정 중 하나인 소설에 대한 급진적인 부정을 수행하는 작업으로까지 나아간다. 그의 인상적인 단편 중 하나인 「사랑」에서 주인공이 내질렀던 비명("오잉크 오잉크")을 기억하는 독자라면, 그것이 소설이 불가능한 시대를 살아가는 소설가가 힘겹게 내지르는 종말론적 비명과 다르지 않다는 것을 모르지 않았을 것이다.

오한기의 새 장편 소설 『나는 자급자족 한다』 역시 같은 맥락에서 읽힐 수 있다. 그러나, 이 소설을 압도하고 있는 것은 놀랍게도 이제는 시대착오적으로 보일 수밖에 없는 과거의 망령들이다. 물론 그는 소설의 첫머리를 이렇게 시작한다. "언제나 미래에 대해 이야기하는 건 슬프다. 과거에 대해 이야기하는 건 아득하다. 현재에 대해 이야기하는 건 지친다. 셋 중 제일 어려운 건 현재에 대해 이야기하는 것이다. 지치는 게 죽음과 가장 밀접한 감정이기 때문이다."(p.7) 그러나 현재에 대해 쓸 수밖에 없다는 소설 속 화자의 공언과 달리 오한기의 텍스트를 서사적으로 이끌어가는 소재와 서사적 모티프들이 대부분 역사적 유물이 되어버린 과거에 대한 패러디를 통해 얻어진다는 사실은 의미심장하다. 현재에 대해 이야기하려면 불가피하게 망해버린 과거에 기댈 수밖에 없다는 듯, 오한기는 냉전 시대의 산물인 첩보물의 형식을 빌려 현실의 시대착오적인 성격을 거침없이 써나간다.

『나는 자급자족한다』는 적에 대한 상상이 불가능한 오늘날의 시대에, 과거의 형식으로 다시 적을 소환해 냄으로써 현실과 소설 사이의 괴리감을 극명하게 부각시킨다. 소설은 묻는다. 적은 정녕 사라진 것일까? 그럴 리 없을 것이다. 만약 적이 사라졌다면 우리 사회의 여전한 빈곤과 암담하고도 절망적인 미래가 설명되지 않는다. 세상이 망해버렸다면, 이 망한 세상의 책임 주체를 분명하게 밝혀야 할 것이다. 그렇다면 그것을 추적하고 밝히는 새로운 이야기가 가능한 것은 아닐까. 오한기의 대답은 결과적으로 부정적이다. 왜냐하면 이야기를 추구하는 것, 소설을 쓰는 행위는 결과적으로 편집증적 망상의 지대에 진입하는 지름길이기 때문이다. 미아 모닝스타가 소설의 화자에게 던지는 다음과 같은 조언이 보여주는 시대착오적 성격은 그런 맥락에서 의미심장하다.

① 양완규가 로봇청소기와 결혼했다.
② 양완규가 결혼 제도에 불만을 품고 불온사상을 전파하기 위해 로봇청소기와 결혼했다.

차이점이 한눈에 보이지 않나요? 맞아요. ②처럼 써야 합니다. 결혼 제도에 불만을 품었다는 데 방점을 찍어야 하죠.

작품의 해설자 역시 정확하게 지적했듯 미아가 '나'에게 요구하고 있는 글쓰기 원칙은 스토리와 플롯을 구분해서 설명했던 E.M. 포스터의 『소설의 이해』의 한 대목의 패러디이다. 여기서 플롯이 스토리와 구별되는 핵심은 인과관계 형성 유무이다. 현실을 인과관계를 토대로 재구축하는 소설 쓰기는 무질서한 세계에 질서를 부여하는 과정이자, 세계를 바라보는 합리적이고 논리적인 인식적 틀을 창조하는 작업에 해당한다. 문제는 이러한 합리적 인과관계를 추구함으로써 이루어지는 전통적인 소설적 글쓰기가 오히려 과대망상을 불러 온다는 점에 있다. 미아의 요구에 따라 수행되는 화자의 정교한 글쓰기가 구현하는 세상은 허구와 현실이 더 이상 구별되지 않는 세계, 편집증적인 망상으로만 가득한 세계라서 그 무엇도 쉽게 믿을 수 없는 비현실적 세계에 가깝다. 소설 쓰기의 기초이자 보편적인 명제라고 할 수 있는 인과론을 추구할 때 오히려 망상적 글쓰기만 가능하다는 사실은 소설 쓰기 자체의 시대착오적인 성격을 메타적으로 극대화 할 뿐이다.

결국 한때 걸작을 쓰겠다는 야심으로 가득했던 소설가 지망생이 코드명 카프가라는 황당무계한 스파이로 활동하게 되었던 것도, 결과적으로 "바퀴벌레처럼 주차장에 숨어 사는 신세"(p.324)로 전락할 수밖에 없었던 것도, 역사의 종말과 함께 그 생명력이 끝나버린 소설의 초라한 운명 때문이 아니었을까. 여기서 '자급자족'과 '스파이'는 다시 한 번 현대 예술의 궁색한 자기 초상과 정확하게 공명한다. 소설에서 세계를 위험에 빠뜨리고, 자본주의와 대결하는 주요한 테제로 지목되었던 '자급자족'이야말로 사실상 근대 이후의 예술이 희망하던 이념의 최대치에 가깝지 않은가. 화폐로 거래되는 교환 체제와 구분되는 삶, 즉 생산의 주체와 소비의 주체를 일치시킴으로써 자율적 삶을 구가할 수 있을 것이라는 믿음이야말로 삶과 예술의 일치를 추구했던 모든 예술의 오래된 이상이었다. 그러나, 그것이 사실상 불가능했기 때문에 예술은 자본주의에 체제 속에서 성장하면서도, 그것을 내파하는 것으로 자신의 존재를 증명해야 하는, 일종의 스파이로 암약해야 했는지도 모른다. 그렇다면 소설의 제목은 역설적이게도 스파이의 불가능성, 즉 소설의 불가능성을 더욱 심화시키는 아이러니한 발화에 다름 아니다.

아, 나도 궁금한 게 있다. 언제 물어볼까 하다가 타이밍을 놓쳐서 여기까지 왔다. 여러분은 무엇을 자급자족하는가. 쥐도 새도 모르게 잡혀갈까봐 겁이 난다면 걱정 마시길. 나는 입이 무겁다. 게다가 나부터 말할 수 있다. 나는 자급자족한다. 그게 무엇인지는 이 글 곳곳에 나와 있다.(p.358)

그러나, 뼈아픈 것은 실제로 그가 자급자족하는 것이 실제로 아무것도 없다는 사실에 있다. 오한기가 소설을 완성하는 과정에서 혼성모방의 기법으로 활용하고 있는 무수히 많은 예술사적 모티프들과 장르적 문법들이 그것을 아이러니하게 증명하고 있다. 결국 소설의 화자가 자급자족하는 것은 아무것도 없으며, 단지 자급자족에 대한 망상적 이념만 간직하고 있을 뿐이다. 자급자족의 이상을 공유했던 모든 혁명적 예술들이 끝내 실패로 귀결되는 과정을 작가가 모르지는 않기에, 오한기는 지나간 예술사적 영웅들의 흔적을 패러디적으로 인용하면서 여전히 그것으로부터 해방되지 못하는 자신을 향한 혐오를 아이러니의 형식으로 표출한다.

사정이 그러하니 오한기의 말처럼 미래에 대해 말하는 건 슬프고 과거에 대해 말하는 것은 아득하며, 현재에 대해 이야기하는 것이 지칠 수밖에 없는 것은 당연하다. 오한기의 유쾌하고 슬픈 모험담이 끊임없이 망상적 현실로 불시착하듯 회귀할 수밖에 없는 것은 역사적 필연일 수밖에 없으니 말이다. 누가 그러한 세계를 살아가는가? 오한기는 결론 내린다. "사람은 세 종류로 나눌 수 있다. 스파이. 정보원. 시민."(p.335) 당신은 어느 쪽인가? 어쩌면 현실에 착실하게 순응하고 있는 당신이야말로, 이 체제를 유령처럼 살아가고 있는 스파이는 아닌가? 미아가 전하는 메시지를 기억하자. 我不信我, 나 자신을 믿지 말라. 당신이 스파이가 아니라는 증거는 어디에도 없다. 당신이 스스로에 대한 의심을 거두고 의미를 추구하는 새로운 모험을 시작할 때, 또다시 모든 비극이 반복될 것이다. 물론 오한기가 보여주는 것

처럼 포스트휴먼 노블 시대의 비극적 영웅은 분명, 희극적일 수밖에 없을
것이다.

사막의 횡단과 우물의 무게

— 김중식,『울지도 못했다』(문학과지성사, 2018),

— 이영광,『끝없는 사람』(문학과지성사, 2018)

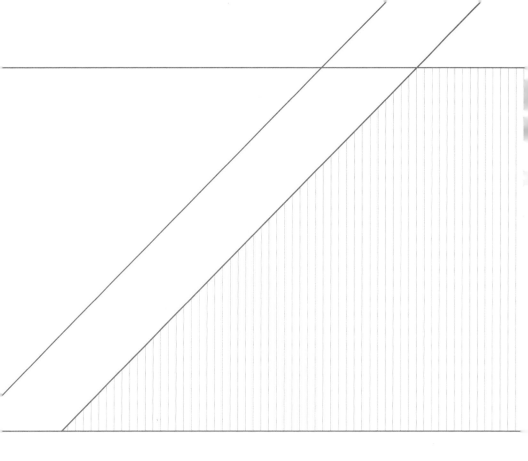

김영임

경희대학교 국제한국언어문화학과 박사과정 수료.
〈문학과사회〉 신인문학상 평론 부문(2016)으로 등단.
현재 경희대학교 후마니타스 칼리지 강사.
nicie2000@naver.com

사막의 횡단과 우물의 무게

— 김중식, 『울지도 못했다』(문학과지성사, 2018),
— 이영광, 『끝없는 사람』(문학과지성사, 2018)

시인이란 결국 천국 대신에 지옥을, 하늘 대신에 땅을,
안락 대신에 고통을 택한 광인이다.
광인의 처절한 수기-그것이 시이다.[1]

우물가의 시인들

에피그래프epigraph는 김현의 「나르시스 시론」의 일부다. 시인은 왜 천국 대신에 지옥을, 하늘 대신에 땅을, 안락 대신에 고통을 택하는 것일까? 나르시스는 어느 날 이해할 수 없는 갈증(욕망)에 이끌려 우물가(현실)로 나

---

1   김현, 「나르시스 시론」, 『존재와 언어/현대 프랑스 문학을 찾아서』(김현 문학전집 12), 문학과지성사, 1991, p.20.

오게 되면서 물에 비친 고뇌 어린 자신의 얼굴을 보게 된다. 이 사건 이전의 나르시스는 언제나 '명랑'하며 하늘만을 동경하는, 신에 속해있는 선(악과 분리되지 않은)의 존재였다. 그는 상상 속의 얼굴과 물속에 비친 실제 모습의 간극을 통해 '선과 다른 어떤 것'(악)을 깨닫게 되는 의식의 분열을 경험하게 된다. 악을 자각하게 되는 것만으로도 '우울'과 불행을 경험하게 된 그는 신을 향하는 대신 자신의 존재와의 교접을 위해 자살한다. 김현은 나르시스의 신화 안에서 갈증을 느끼는 자의 자리에 시인을 위치시킨다. 그래서 나르시스의 자살, 즉 "악을 통한 존재와의 응답"(p.18)은 상상적 세계와 현실 세계 사이의 심연 안에서 시인이 던지는 고통스러운 존재에의 물음, 곧 "시"가 된다.

여기 삶에 관해 쉼 없는 물음을 던지는 두 시인이 있다. 젊은 시절에 "내가 욕한 것들과 나는 얼마나 닮아 있으며 또한 닮으려고 안달했는지 들켜버리게 되었"지만 "한때는 최선을 다해 방황했다"[2]던 시인은 "지구를 타고 태양을 쉰 번 일주"하고는 "지상에 건국한 천국이 다 지옥"이었으며 "천국은 하늘에, 지옥은 지하에, 삶과 사랑은 지상에"[3]라는 답을 가지고 돌아왔다. 또 한 시인은 "네 모멸의 기쁨, 겸손의 쾌락을 내려 놓"으라는 '명랑'에게 "거짓말하고" 돌아서서는 "우울은, 쓰게 한다"[4]고 되뇌며 자기 존재와의 응답을 계속하고 있다. 『울지도 못했다』의 김중식 시인과 『끝없는 사람』의 이영광 시인이 그들이다.

---

2   김준식, 「自序」, 『황금빛 모서리』, 문학과지성사, 1993.

3   「시인의 말」, 『울지도 못했다』.

4   「시인의 말」, 『끝없는 사람』.

"물배 채운 낙타가 대양을 횡단하는 것처럼"

김중식 시인의 이번 시집은 그의 첫 시집 『황금빛 모서리』(이하 『황금빛』)
이후 25년 만이다. 첫 시집에서 "아무리 퍼내도 마르지 않는 우물을 들여다
보면/물에 비친 내 얼굴/퍼낼수록 불안처럼 동요하는 내 얼굴"(「우물 하나
둘」, 『황금빛』)을 들여다보던 청춘의 나르시스는 시를 통해 자신의 치열한 삶
을 증명하였다. "포기한 자 그래서 이탈한 자"(「이탈한 자가 문득」, 『황금빛』)인
시적 주체가 시집 전체에서 보여준 회의적이며 비관적인 고백은 "미친 시
대가 하필 우리의 전성기"(「자유종 아래」)였다는 이번 시집의 독백으로 이어
지는 시인의 "자기 생존 전략"[5]이었다.

25년의 공백기 동안 시인은 '나는 누구인가, 나는 왜 사는가'라는 질문
을 멈추지 않았던 것 같다. 시인은 젊은 시절 훌쩍 떠났던 사막에서 만났던
낙타와 함께 다시 돌아왔다. 다만 그 옛날의 낙타가 "앞서 길 잃은 다른 낙
타의 발자국"을 발견하고 "방향 없는 세월에 같이 헤매자는 연대감"으로
다시 살아나기도 했지만, 결국 그 연대감으로 두 번 죽는 비극적 결말의 주
인공이었다면 이번 시집 안에서 사막의 자연은 그런 만물의 이치에 흔들리
지 않는 단단한 시적 주체와 함께이다(「불더위에 달궈지고 달구어진 모래 속에 코
를~」, 『황금빛』).

> 먹고사는 게 최고 존엄 맞지만
>
> 멀리 가봐야 노동이고
>
> 높이 날아봐야 생계이므로

어지간하면 퍼질러 앉겠구만.

[……]

먼 곳에도 다른 세상 없는데

새 대가리 일념으로 태평양을 종단하는 도요새

산다는 건 마지막이므로

살자,

살아보자,

다시 태어나지 않으리니.

-「도요새에 관한 명상」 부분

김수영의 '푸른 하늘을 제압하는 노고지리'가 피의 냄새가 섞여 있는 자유와 고독한 혁명의 알레고리라면 이 시의 '도요새'는 "물과 뭍의 경계/드나드는 파도 틈새에서/하품하는 먹잇감을 노리는" 또는 노려야만 하는 현실 그 자체다. 그러나 현실에 대한 비관이나 물러섬은 없다. 도요새의 종단은 먼 곳에 있는 다른 세상을 향하는 것이 아니다. 오직 "새 대가리 일념"으로 살아보는 행위다. "다시 태어나지 않"을 것이며 "산다는 건 마지막이므로" 도요새 또는 시적 화자는 "살자,/살아보자"고 강한 다짐을 한다. 이들의 다짐은 앞으로의 삶이 나아질 수 있다는 막연한 기대감 따위로 유인되고 있는 것이 아니다. 이들은 "이번 삶은 늦었"다는 것 역시 알고 있다. "앞만 보고 죽어라 달린 것도 아닌데/자꾸 미끄러지는 삶" 안에서 어디선가 들려오는 "이번 삶은 늦었어"라는 목소리에 "급제동하는 순간/ 당신이 옳았다"(「스키드 마크」)고 대답한다. 이들은 '살아내는 것' 자체에 깃든 삶의 책임과 윤리를 실천하는 시적 주체들이다.

시적 화자는 "저 너머는 좀 다를까/낭떠러지와 절벽 급커브 길을 지나면/여기 없는 삶이 나타날까"하며 "어디든 가보자고 히치하이킹을 하"는 이국의 '아가씨'에게 "다른 생은 없고/다들 살고 있더라,"며 (그 모습에) "마음 짠 한 거 보면/우리 모두 한배에서 난 것은 맞는 거 같다만/다음 생에서 한 배를 타자꾸나"라며 위로를 건넨다. 사실 이 "코카서스 아라라트산 아가씨"의 모습 안에는 젊은 날 낙타 등에 올라타고 사막을 건너는 시인의 페르소나가 겹쳐 보인다. 그렇다면 이 둘은 "한배에서 난 것"이 맞다(「노아의 방주」). 두 번째 시집의 페르소나는 첫 시집의 젊은 페르소나를 불러내어 청년의 고뇌와 불안에 대해 세월을 견뎌낸 성숙한 모습으로 화답한다.

두 번째 시집의 페르소나가 보여준 변화는 2012년 시인이 경험한 사막의 삶과 관련이 있어 보인다. 실제로 독자들과의 한 만남에서 시인은 다시 시를 쓰게 된 계기로 이란에서의 체험을 이야기하였다. 삶이 존재하지 않아 보이는 곳에서 살아가는 자연과 사람들의 모습 안에서 시인은 자신의 질문에 대한 답을 찾은 듯 보인다. "구름과 바람도 없이/그리하여 비도 없이/풀포기와 개미도 없이/머물 곳이 아닌 데서/또 다른 구약(舊約)의 족보를 썼을 듯" 보이는 사람들의 모습에서 "사는 게 별거더냐/다 똑같으므로 그냥 내버려두면 되는데/똑같지 않다면서 내버려두지 않을 뿐"이라는 통찰을 얻는다(「바람의 묘비명」). "이 세상만 아니라면 어디라도 가자,/해서 오아시스에서 만난 해바라기" 안에서 "죄 없이 태어난 생명에 대한 무한 책임을 지는 성모(聖母)"의 현전을 느끼고(「다시 해바라기」) "내가 안 믿는 신의 한 수"(「관능」)를 보게 된다. "지상에 닿는 순간/제 몸을 터뜨리며 증발하는 빗방울"에 "사막은 한 호흡으로 1년 치 폐활량을 들이켜고는/또다시 속 타는 잠"을 자는 섭리를 직관한다(「비냄새」).

바람에 흩날리는 한 점 모래처럼

몸 벗고 행방불명된 뱀처럼

깨달음조차 끊은 곳에서

사막을 건너는 개미처럼

달 표면을 기더라도 숨 참고

살아내는 게 삶

멀리 가봐야 세상을 그러하나

삶은 또다시 새 삶

물배 채운 낙타가

대양을 횡단하는 것처럼

- 「그저 살다」 전문

시집의 말미에 등장하는 이 시에서 김중식은 안락 대신 고통 속에서 힘겹게 얻어낸 답을 더욱 선명하게 보여준다. 삶이 가능해 보이지 않는 상황 안에서도 그 길을 계속 나아가는 것이 삶의 모습이며, 그 너머에 다른 생이 기다리고 있는 것이 아니라, 별반 다를 것 없는 또 다른 고난의 삶이 기다리고 있는 것이 세상이다. 이렇게 우물 속을 들여다보던 불안의 나르시스는 불모의 땅에서 만난 생명 안에서 삶에 대한 답을 구한다. "살아내는 게 삶"이며 "삶은 또다시 새 삶"을 시작하는 것이라고. "물배 채운 낙타가/대양을 횡단하는 것처럼."

"그게 사랑인 줄 알고 쓴다……그게 사랑인 줄도 모르고"

"나는 우물 밑에서 올려다보는 얼굴들을 죄다/기억하고 있다". 이영광의 이전 시집에 실린 「우물」(『나무는 간다』, 창비, 2013)의 한 문장이다. 글의 서두에서 언급한 나르시스의 신화에서 우물은 시인을 둘러싼 현실, 좀 더 확대하면 '사회'를 의미한다. 「우물」에서 자신의 모습을 비추게 된 시적 화자는 그 안에서 복수의 얼굴들을 만난다. 그 얼굴들은 우물이 기억하고 있는 "동네 사람들 얼굴"이다. 그 얼굴들은 '나'의 반대편에 위치하면서 나를 올려다보고 있다. '나'의 상상의 얼굴을 벗어나 현실적 얼굴을 만나게 될 공간인 수면은 그동안 우물이 품었던 수많은 타자들의 얼굴들을 나에게 되돌려 준다. 나의 의도와는 상관없이 '나'의 얼굴은 이제 과거가 돼버린 '그들'의 어둡고 음습한 그림자들을 포함해서 구성되어야만 할 운명이다. 그리고 '나'는 그 얼굴들을 죄다 기억하고 있다.

> 해장국이 나오길 기다리며 신문을 뒤적이다
> 누군가의 소식을 읽고,
> 아- 이사람 아직 살아 있었구나!
> 놀라고 다행스러워하는 마음이 된다
> [……]
> 문득 또, 누군가가 내 소식을 우연히 듣고
> 아- 그 사람 아직 살아 있었구나,
> 놀라길 바라는 실없는 마음이 돼본다
> 다행끼지는 바라지 않는다
> 그만한 용기는 없다

[……]

뭘 바라지 못하는 순간이 좋다

밥보다는 더 자주 먹은 이

겁에 의해

오늘도 무사하지 않았느냐고

무사한 사람,

무사한 사람,

중얼거렸다

겁도 없이

중얼거렸다

— 「겁」(『끝없는 사람』) 부분

　　「우물」에서 만난 시적 페르소나의 얼굴은 위의 시에서 "무사한 사람"을 중얼거리는 것이 왜 겁도 없는 행동이 되는지를 설명해 준다. 누군가 자신의 소식을 우연히 듣고 놀랐으면 좋겠다고 생각하지만, 그들에게서 "아-그 사람 아직 살아 있었구나"라는 사실에 다행스러워하는 마음까지는 바라지 못한다. 그만한 것을 바랄 용기가 없는 덕에 자신이 오늘날까지 무사하지 않냐는 생각을 하면서 시적 화자는 문득 "무사한 사람"인 자기의 얼굴 뒤로 겹쳐져 있는 복수의 어둡고 습한 '동네 사람들 얼굴'의 음영을 느낀 것이 아닐까. 그래서 무사한 사람이라고 혼자 중얼거리는 것은 내 안에 같이 엉켜 있을 무사하지 않은 사람들을 함께 떠올리는 일과 같아서 그 사소하고 작은 목소리마저 "겁도 없이/중얼거렸다"는 반성을 불러일으킨다.

6　이하 시 인용은 이 시집을 출처로 한다.

더 잃을 것이 없다고 생각한 화자가 "여기가 바닥인가/중얼거리면//예, 거기가/바닥입니다/누가 발밑에서 답한다" "내 무덤 아래에 늘 다른 무덤이 있다"(「바닥」). 현실을 인식하지 못한 나르시스의 상태가 선이라면 이상과 현실의 간극을 깨닫게 되는 것 자체가 바로 악의 탄생을 가지고 오는 사건이 된다. 그래서 "악을 통한 존재와의 응답이 곧 시"라는 문장 안에는 이상과 현실 사이에서 자신의 얼굴을 우물에 비추고 있는 시인의 모습이 포함되어 있다. 그런데 이영광 시인의 페르소나는 앞서 언급한 것처럼 단수의 얼굴이 아니라 그 안에 복수의 얼굴들이 뒤엉켜 옆에서, 뒤에서 그리고 바닥에서 같이 출몰한다. 혼자인 듯 읽히는 화자의 목소리는 들리지 않고 보이지 않는 복수의 존재가 내는 진동을 바닥에 감추고 있다.

그래서 "맨가슴 긁히며 가는 저 배,/물에 상처 입히지 않을 수 있을까"를 진술하는 화자의 목소리 역시 '봄 바다'를 맨 정신으로 보는 것이 불가능한 "멀리 선 가슴들"의 안타까운 염려와 기도를 품고 있다(「봄 바다」). "동네 사람들"의 물그림자를 자신의 얼굴에 담고 있는 시적 주체는 그들의 존재에서 도망치지 않는다. "나는 우물 밑에서 올려다보는 얼굴들을 죄다/기억하고 있다"는 문장은 사실 '죄다 기억하겠다'는 다짐과도 같다. '나'는 기꺼이 유령의 몸으로 빙의하여 "살고 싶어요……를 지나는 시간입니다" "아니요……떠는 손과 엎드린 몸, 무너지는 심장들에 젖고 있습니다" "도대체 왜 도대체 왜 도대체 왜,/떠나보낸 겁니까……"와 같은 고통스러운 발화를 떠맡는다(「수학여행 다녀올게요-유령 6」).

이런 세상 안에서 정상적인 삶을 살아가려면 어떤 마음이어야 할까? "그는 이제 정말 방심하지 않는다/치매가 심해지고 정신이 돌아온다."(「방심」)라는 문장을 역으로 유추해보면 그 답을 알 수 있겠다. 현실을 살아가기 위해 (치매에 걸리지 않은) 우리는 '그'와는 반대로 '방심'해야 하고, 정신을 놓아야 한다.

쥐는 희망을 버리지 않았을 것이다

쥐 살림에 희망밖에는 무엇이 있었겠는가

[……]

고난에 들어 고난을 갉아먹으며 달콤하게

한 세월을 보내다가

[……]

적당히 괴롭고 적당히 위험해서 적당히

헐거운 덫이 어딘가에 있으리라

사선에서 방심했으므로

그의 시궁창, 썩은 마음의 양식, 강철의 어둠을

달콤히 오독했으므로 그는

견디면 견뎌지는 어떤 것을 조금씩 견뎌냈을 것이다

[……]

견딜만한 덫은 처음부터 여기 이것,

견딜 수 없는 덫이었다

- 「덫」 부분

「방심」의 '그'와 「덫」의 '쥐'는 다르지 않다. "쥐에게 쥐의 고난이 넘쳐 흘렀다 해도/기쁨 또한 드물지 않았을 것"이라 "쥐는 희망을 버리지 않았을 것이다." '희망'은 고통의 오독을 가져오고 우리를 그 안에 길들인다. 그 것은 오독일지라도 우리에게 살아가는 힘을 끊임없이 만들어내게 하고, 그 러는 동안 우리는 '방심'하고 정신을 놓는다. 그러다 원래 그 자리에서 우리를 오랫동안 기다리고 있는 덫의 존재를 깨닫는 것은 "사선"의 순간이 되어서나 가능하다.

그렇다면 불행히도 오독의 달콤함에 빠지지 못한 각성한 존재는 어떤 선택을 하는 것인가. "어떻게 살아야 할지 알 것 같을 때면 어디/섬으로 가고 싶다 [……] 어떻게 죄짓고 어떻게 벌 받아야 하는지/힘없이 알 것 같을 때는 어디든/무인도로 가도 싶다 [……] 가서, 모든 기정사실들을 포기하고 한 백년/징역 살고 싶다". 삶의 본질을 파악해버린 시적 주체는 현실에서 벗어나 신의 영토인 "무인도로 가고 싶다". "그 절해고도"는 세상과 유리된 "감옥"이기도 하지만, 세상의 고뇌와 단절됐다는 점에서 "천국"과도 같다. 하지만 시적 주체는 "돌이 되는 시간으로 절반을 살고/시간이 되는 돌을 절반을 살"고는 돌아올 것을 선택한다. "머릿속 메모리 칩을 그 천국에 압수당하고/만기 출소해서/이 신기한 지옥으로 처음 보는 것으로/두리번두리번 또 건너오고 싶다". 결국 기억을 지우고 천국 대신 지옥을 선택해서 돌아오려는 시적 주체는 '명랑'에서 '우울' 안으로 뛰어든 나르시스, 즉 시인일 수밖에 없다.

물속으로 뛰어든 나르시스는 그의 죽음 안에서 비로소 자신의 존재를 만나게 된다. 신의 영토에서 만기 출소한 시인 역시 돌아올 "신기한 지옥"에서 새로운 자신을 만나게 될 것이다(「무인도」). 이 둘은 "가장 확실한 살아 있다는 느낌이 사실은 살아 있지 않다는 느낌이라는 것"의 증거다. 그래서 시인은 "물속에서 오줌을 누듯/빗속에서 눈물을 훔치듯/희망이란 좀체 입 밖에 내질 않"는다(「사실은」). 그저 "밥벌이 하듯" 시를 쓰고, "돈의 노예"처럼 시를 쓰지만, 사실 시인은 세상을 대신해서 "사랑으로 쓴다/사랑의 강제로 쓴다/그게 사랑인 줄 알고 쓴다//그게 사랑인 줄도 모르고/그게 사랑인 줄도 모르고"(「그 시인」).

다른 인간을 위해

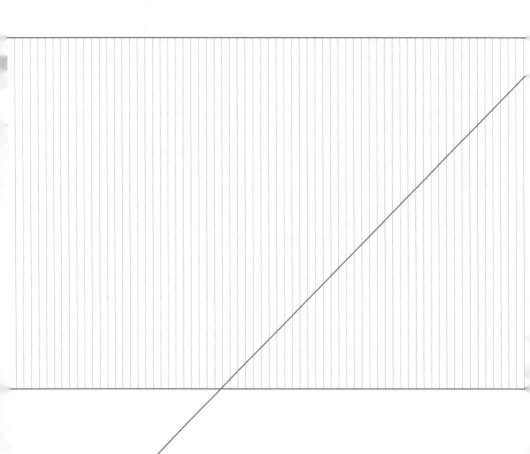

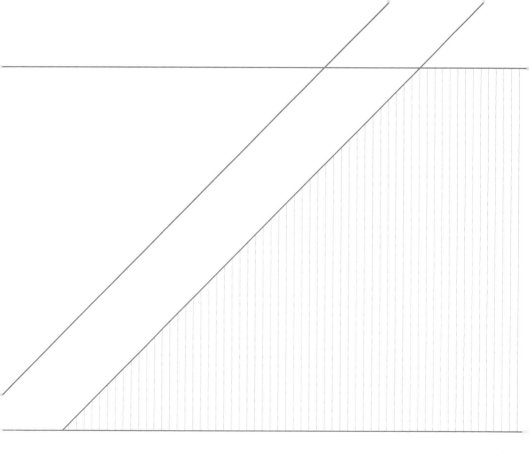

백지은

고려대학교 국어국문학과 및 동대학원 졸업.
「한국 현대 소설의 문체 연구」로 박사 학위 받음.
2007년 〈세계의문학〉 신인상으로 등단.
평론집 『독자시점』이 있음.
jienbaik@naver.com

다른 인간을 위해

우주의 주인공이 되느라

인간이 지구의 지배자가 된 이래 지구상의 다른 생명체 중 반 이상의 종족이 멸종했다는 사실은 어찌 생각해도 아찔하다. '인류 종(種) 중 왜 사피엔스 종만이 지구상에 살아남아 역사상 가장 치명적인 동물이 되었는지, 인간의 문명은 왜 발전했고 그런 발전은 인간에게 어떤 행복을 주었는지, 그리고 인간의 유효 기간은 과연 언제까지인지'[1] 등등에 대해 다양한 학문적 이해를 오가며 인간의 역사와 미래에 대한 '빅 히스토리'를 말해 온 이스라엘의 역사학자 유발 하라리의 검토에 따르면, '사피엔스'라 불린 우리 인간 종이 수만 년 전 지구 곳곳으로 퍼져나가기 시작하면서 "전 세계의 다른 모든 인류 종, 오스트레일리아에 살던 대형 동물의 90퍼센트, 아메리카에 살던 대형 포유류의 75퍼센트, 지구의 모든 대형 육상 포유류의 약 50퍼

---

1   유발 하라리의 『사피엔스』(조현욱 역. 김영사. 2015)의 뒤표지에서 발췌 수정 인용함.

센트를 멸종으로 내몰았다"²고 한다. 이제 지구에 살고 있는 동물 대부분은 인간과 인간이 키우는 가축들인데, 가령 지구상에 살고 있는 야생 늑대가 약 20만 마리라면 가축화된 개는 4억 마리가 넘고, 아프리카 물소가 90만 마리라면 가축화된 소는 15억 마리가 넘는 식이란다.

인류는 수많은 동물을 멸종시켰을 뿐만 아니라 남아있는 동물을 무진장 많이, 매일매일 잡아먹고 있으며, 먹는 것만이 아니라 다른 용도로도 끊임없이 사용하고 있다. 식용 동물, 반려 동물, 농장 동물, 실험 동물, 쇼 동물, 야생 동물 등등... '동물'이란 카테고리는 이제 오직 인간의 필요에 의해서만 분류되고 규정되는 듯하다. 직접 소비될 뿐만 아니라 인간에게 유의미한 이미지로서만 인식되고 전시되는 것으로 동물의 개체와 그 종은 존속된다. 인간은 모든 동물에게 인간의 필요와 의미를 강조하면서 그들(-동물)이 우리(-인간)와 유사하다고 상상하고, 인간의 필요와 의미에 장악되지 않는 동물의 부분들은 억압하면서 그들이 우리보다 열등한 피조물임을 한 치의 의심도 없이 당연시한다. 오늘날 인간 외의 모든 동물은 그 개체와 종 전체가 인간에게 전적으로 착취당하는 한편 어떤 동물 종이나 개체도 인간보다 우선시될 수 없는 운명 속에서만 살아 있다. 다시 말해 동물은 이제 인간과의 관계없이는 존재 자체가 불가능하며 전적으로 인간(중심)적인 의미로서만 개체의 생명과 종의 번식을 유지할 수 있게 되었다.

인간이 지구상에서 가장 막강한 종이라는 사실을 의심하지 않는다면, 인간 외의 동물이나 다른 생명체들이 인간에게 지배당하고 인간이 그 모든 것들보다 가치 있다는 생각에 특히 문제될 바는 없어 보인다. 모든 동물은 제각각 독특한 형질과 특별한 재능을 지니고 있지만 그렇다 해도 확실히

---

2   유발 하라리, 『호모 데우스』, 김명주 역, 김영사, 2017. p.110.

인간보다 뛰어난 동물은 없지 않은가. 우리는 동물원의 관객들을 우롱하는 침팬지의 이야기나 방에 갇힌 동료 쥐를 먼저 풀어주고서 초콜릿을 나눠먹는 쥐의 사례를 들어본 적이 있지만, 그들이 인간과 유사한 지능과 의식을 가졌다고 생각하진 않는다. 백여 년 전 사례지만 독일의 한 '영리한 말[馬]'은 4곱하기 3이 뭐냐고 물으면 발굽을 열두 번 치는 것으로 대답을 했는데, 한 심리학자가 밝히기로 그 말이 알았던 것은 4곱하기 3의 정답이 아니라 정답의 숫자만큼 제가 발굽을 치기를 인간들이 기대한다는 것이고, 정답의 숫자만큼 발굽을 칠 때 긴장이 고조된 인간의 몸짓과 표정을 보고 발굽 치기를 멈추는 것이었다.[3] 이런 이야기를 들으면 인간은 "이렇게나 동물이 (인간처럼) 똑똑하다"고 감탄하며 동물을 좀 더 인간에 가깝게 여길지도 모르겠다. 물론 4곱하기 3보다 훨씬 복잡한 계산을 할 줄 아는 인간으로서 심지어 지능도 가진 동물을 지배한다는 사실을 지당하게 느끼면서 말이다.

그런데 저 영리한 말의 능력을 과연 '인간만큼이나 똑똑한' 지능으로 생각해도 되는 것일까? 대부분 연구들에서는 인류의 특별한 지위가 도구 제작과 지능으로 가능했다고 여기지만, 위에 든 사례들로 동물의 능력을 인간에 비교하면서 인간이 막강함을 갖게 된 까닭이 지능이나 손재주보다는 "여럿이 소통하는 능력"에 있다는 견해를 내세우는 하라리는, 영리한 말에 대해 약간 다른 설명을 한다. 대개 인간들은 동물에게는 지능도 없다는 듯 제 멋대로 다루는데 인간의 생각보다 훨씬 더 똑똑한 동물의 사례를 접하면 너무 인간 멋대로 다루면 안 되겠다고 생각하는 식이지만, 저 영리한 말을 마치 '인간만큼이나 똑똑'하다고 생각하는 건 인간들이 "동물의 인지능력을 과소평가하고 다른 생물들의 고유한 능력을 무시하는 것을 보여주는

◇◇◇◇◇◇◇◇◇◇◇◇◇◇

3   같은 책, pp.183-185.

사례"⁴라고 그는 말한다. 일반적으로 몸짓으로 소통하는 말들은 표정과 몸짓으로 감정과 의도를 유추해내는 데 있어 인간과는 비교도 안 될 만큼 뛰어나고, 더구나 저 영리한 말은 그 능력을 이용하여 "동료 말들뿐 아니라 인간의 감정과 의도까지 해독할 수 있었다"⁵는 점에서 더욱 탁월했다. '지능'을 정의하고 측정하는 일은 개체와 종에 따라 달라져야 할 것이고, 따라서 인간이 지구상에서 가장 막강한 종인 까닭은 지능 때문이라고 할 수 없다는 주장이다.

널리 잘 알려졌을 하라리의 알기 쉬운 논의를 좀 더 인용해서 말하자면, "오늘날 인간이 이 행성을 지배한 것은 인간 개인이 침팬지나 늑대보다 훨씬 더 영리하고 손놀림이 민첩해서가 아니라, 호모 사피엔스가 여럿이서 유연하게 협력할 수 있는 지구상의 유일한 종이기 때문이다."⁶ 그리고 그 협력의 비결은 인간이 사용하는 언어의 가장 독특한 측면일 "허구의 등장"에 있었을 것이고, 서로 모르는 수많은 사람들이 "집단적 상상"에 바탕을 둔 "공통의 신화"를 만들어 함께 믿음으로써 대규모 협력이 가능해졌으리라는 설명이다.⁷ 인간만이 언어를 사용하여 상호주관적 의미망을 엮어내고 거기서 상상적인 의미를 만들어내며 그것을 객관적인 실재로 창조해낸다. "공동의 상상 속에만 존재하는 법, 힘, 실체, 장소로 이루어진 그물"을 통해 인간은 의미를 만들고 그 의미로써 세계를 뒤덮어버렸다. 갑자기 얘기가 너무 나가버린 듯하지만, 다시 말하면 인간이 지구상의 모든 동물을 멸종시키고 잡아먹고 여러 필요에 사용하게 된 까닭이란, 인간이 동물을 사용

---

4   같은 책, p.185.

5   같은 책, pp.185-186.

6   같은 책, p.187.

7   『사피엔스』, p.53.

한 바로 그 방식인 인간(중심)적인 상상과 그로 인한 허구화, 즉 인간주의적 의미화 능력에 있다는 이야기다.

그리하여 "다른 동물과 관련해서 말하자면 인간은 오래전에 신이 되었다."[8] 인간에게 가장 익숙하고 필요하며 중요한 존재인 동물은 오직 인간에게 동일시된 대상으로서, 인간-동일화된 의미의 세계에 복속된 상태로서만 존속 가능하다. 이는 인간이 오직 인간 종에게만 유리한 어떤 목적을 위해 신처럼 전능한 힘을 다른 종들에게 휘둘러 그들을 학대하고 몰아내거나 절멸시켜 버렸다는 뜻이 아니다. 동물을 지배하는 인간은 마치 신이 있다고 믿는 인간과 같이 동물을 부릴 수 있다고 믿어 버렸다는 뜻이다. 인간이 신을 믿지 않았다면 동물을 지배할 수 있다고 믿지도 못했을 것이다.[9] 인간은 신을 세우고 스스로 그를 경배하고 그에게 복종하는 시나리오 속에서 오히려 자기 자신을 우주의 주인공으로 삼을 수 있었다. 마찬가지로 동물을 인간적 의미로 포착하고 상징화함으로써 인간은 자기의 동물성을 부정하고 동물 지배와 착취를 정당화할 수 있었다. 신과 동물 사이에 인간을 놓은 상상의 위상(학)은 이렇게 작동하여 우주를 인간 중심으로 재편했던 것이겠다. 유신론적 세계가 그렇다는 게 아니다. 근대 과학과 산업은 신을 인간으로 대체한 '인본주의'라는 종교를 탄생시켰고 그 이후 세상의 모든 일은 인간에게 어떤 영향을 미치느냐에 따라 선과 악으로 갈리게 된다.[10]

◇◇◇◇◇◇◇◇◇◇◇◇◇

8   『호모 데우스』, p.106.

9   유신론적 종교는 위대한 신만을 신성시한 것이 아니라 인간도 신성시했는데, "애니미즘을 믿는 사람은 인간도 동물일 뿐이라고 생각한 반면, 성경은 인간이 특별한 창조물이며 우리 안의 동물성을 인정하는 것은 곧 신의 권능을 부정하는 것이라고 주장"(115)했던 것이다. 인간은 스스로 신을 세운 "새로운 유신론의 무대에서"(133) 자기를 중심으로 우주가 돌아가는 무대의 주인공이 되었다.

10   하라리는, 농업혁명이 유신론적 종교를 탄생시켰다면 과학혁명은 신을 인간으로 대체한

2. 주인공의 자격?

김숨의 신작 『나는 염소가 처음이야』에는 동물과 관련된 여섯 편의 단편이 모여 있다. 「쥐의 탄생」, 「나는 염소가 처음이야」, 「자라」, 「벌」, 「피의 부름」, 「곤충채집 체험학습」, 이 여섯 편의 소설은 그 제목이 환기하는 대로 각각 쥐, 염소, 자라, 벌, 노루, 나비와 관련하여 벌어진 인간의 어떤 행태들을 그렸다. 인간들은 좀처럼 보이지 않는 쥐를 반드시 잡아 없애려 하거나 해부학 수업의 한 과정을 위해 해부할 염소를 기다린다. 광막한 물속에 살아있는 것은 오직 자라와 자기뿐인 듯 느끼기도 하고, 벌에게 가장 좋은 꽃밭을 찾아 유랑하기도 한다. 야생에 살아 있을 노루의 피를 마시러 밤길을 떠나거나 팔랑팔랑 날아가는 나비를 쫓으며 지하 주차장을 헤매기도 한다. 그런데 이 모든 이야기들은, 결론부터 말하자면, 인간 아닌 동물에 대해 거의 신과 다름없었던 인간이 더 이상 그 '인간'이지 못하고 다른 어떤 것이 되어가는 이야기들인 것만 같다. 두 가지 경우로 나누어 생각해보게 된다.

2-1. 패턴, 동물성을 노출하다

먼저, 이 책에 등장하는 동물들은 인간에게 어떤 식으로 의미화 되었는가를 묻는 것으로부터 그것들이 어떻게 인간-동일화된 세계에 복속된 의미

인본주의 종교를 탄생시켰다면서 이렇게 말한다. "인류는 농업 혁명으로 동식물을 침묵시키고, 애니미즘이라는 장대한 경극을 인간과 신의 대화로 바꾸었다. 그런데 인류는 과학혁명을 통해 신도 침묵시켰다. 세계는 1인극으로 바뀌었다. 인류는 텅 빈 무대 위에 홀로 서서 혼자 말하고, 아무와도 협상하지 않고, 어떤 의무도 없는 막강한 권력을 획득했다. 물리, 화학, 생물의 무언의 법칙들을 해독한 인류는 지금 이 법칙들을 가지고 자신이 원하는 대로 하고 있다." 호모데우스, p.140.

로서 그려졌는가를 생각해본다. 김숨의 동물 이야기들에서도 '동물'은 일단 인간이 먹는 것(자라, 노루), 인간에게 이로운 것(벌, 염소), 인간이 기피하는 것(쥐, 곤충) 등의 규정에 의해 존재하고 그 규정을 준수(?)하며 등장한다. "쥐가 부엌 어딘가에 숨어 자신을 지켜보고 있을지도 모른다는 생각을 하면 등골이 오싹"(15)하므로 "플래시, 망치, 쇠막대, 쇠꼬챙이"(10)를 들고 온 "쥐잡기 전문가들"에게 여유롭게 잡혀야 마땅하다. "염소는 해부 실습 교재로 흔히 쓰이는 동물"이므로 "학생들은 염소를 육안으로 살필 뿐 아니라 사진으로 찍고, 글로 기록하고, 그림으로 그릴 것이었다."(44) 자라는 탕으로 끓여먹고 만두로 빚어먹는 건 물론 "피까지 먹"는데다 "알하고 간이 고소해서 그것만 찾는 인간들도 있으니" 버릴 게 없어 "자라탕 팔아 우리 아들 운동화도 사주고, 책가방도 사주고, 피아노 학원에도" 보내게 해준 공신이 틀림없다. "살아있는 노루 모가지에서 받은 피"(168)를 마시면 다 죽어가는 사람도 살아나고 살결이 백옥 같아지고 허약한 아이의 혈색이 돌 것이므로 "한밤의 외진 국도"를 달려 "노루 사냥"(171)을 떠나는 것도 있을 수 있는 일이다. 산 속 꽃밭에 벌통을 놓아 꿀을 뜨며 사는 사람도 있고, 작고 연약하지만 좀처럼 잡히지 않는 곤충들은 흔히 '포충망'으로 '채집'되곤 한다.

　동물들의 이와 같은 등장은 어쩌면 인간들이 그 동물(종)을 '사용'하는 가장 일반적인 방식을 전시한 것이라 할 수 있다. 잡아 죽이려 하고, 뜯어 살펴야 하고, 자르고 끓여서 먹거나 심지어 산 채로 빨아 먹고, 약탈하고, 채집하고 등등. '인간'이, 인간 아닌 동물을, 인간을 위해, 즉 '인간적'으로 활용하는 이 방식과 과정들은, 그에 대한 근본적인 의문이나 저항감은 생략된 채로 인간과 동물의 고정된 관계(라고 믿어지는 바)가 반사적으로 드러난 것으로도 보인다. 예컨대 해부실에 염소가 배달되기를 기다리는 김숨 소설의 인물/화자는 "해부실에서 학생들이 할 수 있는 일은 염소를 기다리거나, 해부대를 중심으로 모였다 흩어지는 것밖에 없"(46)다는 점을 충분히 숙지하고 있기 때문에 그러고 있는 것이다. 사실 "차마 말하지 못했지만 그는 염소가 오지 않기를 바랐"(47)음에도, 왜 "염소처럼 큰 동물을 해부"해야 하는지, 염소 해부 실습의 목적이 "생명의 존엄성"과 무슨 관계가 있는지 등에 대해 회의하려고도, 회의할 수도, 그럴 필요조차 없는 채로 그는 열심히 염소를 기다리는 중이다. 다시 말해, 이 이야기에서 동물과 관련된 인간들의 행위는 합리적인 것으로 분석되거나 정당한 것으로 옹호되지 않는다.

인간과 동물의 이런 '일반적인' 관계를 이들이 잘 이해하고 내면화했기 때문일까? 그런 것이 아니라는 점에 주목할 필요가 있겠다. 필요한 것을 얻으려 하고 징그러운 것을 피하려 하는 것이야말로 가장 '인간적인 의미화'의 결과라면, 인간이 일방적으로 동물에게 가하는 힘의 행사를 인간 대 동물의 고정된 구도로 받아들이는 이들은 그 의미화를 거의 자동적으로 받아들였을 뿐, 그에 대해 특별한 내막이나 심리적인 이유를 갖고 있지 않은 듯하다. 그래서인지 어떤 때 이들은 필요하지도 않은 것을 얻으려 하는 것 같고 징그럽지 않은 것을 징그러워하는 것처럼 보이기도 한다. "노루 피라니...... 소름 끼쳐하면서도, 그가 거절을 못하고 선뜻 따라나선 것은 따돌림을 당할까봐서였다."(170)고 말하는 이는 노루 피를 마시고 싶지 않지만 노루 사냥을 떠난 이웃들과 함께 "숫돌에 간 식칼처럼 반질반질 빙판"(171)을 위험천만 달리는 중이다. "자라 이만 마리가 저수지에서 우글거렸을 것을 상상하자 징그럽다는 생각이 가장 먼저"(97) 들고, "의뭉스럽게 자신을 응시할 뿐인 자라가 그는 사납고 공격적으로 느껴"(93)진다면서도, 마침내 "이만 평에 달하는 물속에 생물이라고는 자라와 그 자신 그렇게 둘 뿐인 것"(120) 같은 환영 속에서 "자라를 쫓아 팔을 내젓"(120)는 인물인 것이다.

그리하여 이 이야기들 속에서 인간의 행태와 동물의 운명, 양자는, 현재 벌어지는 사건의 개별성과 그 고유한 내막으로써 다시 서사화될 수 있는 '의미화'를 시도하지 않는다. 김숨의 전작들에 익숙한 독자들이라면 충분히 짐작할 수 있었듯이, 이 소설집에서도 인물의 행위와 사건의 진행은 연속적인 스토리를 구현하는 쪽으로 흐르지 않는다는 말이다. 의미로 분석되지 않고 인과로 통합되지 않는 그것은 주로 하나 혹은 몇몇의 건조한 미장센으로 찍혀 강박적으로 반복되는 패턴을 취한다. 그러자 이 반복 속에서, 인간-동일화된 의미로 '일반적'이었던 인간 대 동물 구도의 반영은 어느 순간 '일반'의 정도를 지나쳐버리는 듯하다. "자라 대가리를 하나라도 더 자르면 자를수록… 자신이 사달라는 걸 더 많이 사줄 수 있다는 걸"(113) 알게 된 아이는 더 이상 '똑똑한' 게 아니라 잔혹한 것이다. 노루를 잡으러 가는 승합차에서 머리를 찧어 피범벅인 동승자 옆에 앉아 여전히 "아버지, 어서 노루피를 먹고 싶어요.", "저처럼 어리고 순한 노루여야 해요."(195)라고 말하는 아이가 여전히 '어리고 순한' 아이일 수는 없지 않은가. 이제 동물을 대하는 인간들의 행태는 '인간적'이지 않고, 따라서 동물들과 대면하는 인간들의 영역 또한 일상적 장소가 아니라 불가해한 공간처럼 느껴지게 된다.

인간은 인간적인 의미화로 동물(성)을 길들이고 조정하려 하지만, 그렇다는 것은 동물이 본래 인간에게 비일상적이고 불가해한 대상이라는 것을 알려준다. 그런 동물성, 인간적 의미로 온전히 거둬지지 않는 동물성은 인간에게 두렵고 위협적이므로, 인간은 그런 것을 대개 야만, 미개, 비이성 등으로 규정하고 배제하려 하나 인간이 동물과 대면하는 매순간 그것들은 그림자처럼 어른거릴는지도 모른다. 그런데 김숨 소설의 인물들은, 동물 사용 혹은 동물 규정 등의 인간-동일화된 의미를 수용하면서도 왜 그래야 하는지 그 이유나 필요선 같은 건 생각할 필요도 없다는 듯 무감하게 혹은 자동적으로 사고하고 행동함으로써 역설적으로 왜 인간이 동물을 필요로 하고 징그러워하는지 설명되지 않는 부분을 효과적으로 노출시킨다. 매끈한 서사 대신 장면의 반복과 이미지의 각인으로 그려진 이야기들에는 인간-동일화된 의미로 정체화되지 않는 동물의 동물성 자체가 명암으로 표현된 듯하다. 앞 장에서 논의했듯 인간이 동물에 대해 신이 된 까닭이 모든 동물을 인간(중심)적인 의미화의 대상으로 포획했기 때문이라면, 김숨 소설에서 동물을 다루는 어떤 '인간적'인 행태들은 도무지 그것을 친밀하게 표출하는 데 성공하지 못함으로써 동물에 대해 신이 될 수 없는 인간을 고발해낸다.

2-2. 전도, 인간성을 폭로하다

다음, 이 책에 등장하는 인간들이 일방적으로 동물을 대하는 행태가 결국에 어떻게 보이는지 묻는 것으로부터 인간-동일화된 세계에 복속된 그 의미화가 과연 합당한 것인지, 도리어 기괴한 것은 아닌지를 생각해본다. 「쥐의 탄생」을 보자. "지어진 지 오 년밖에 안 된", "전자동 키"가 달려 저절로 닫히고 잠기는 문에 "스테인레스로 짠 망"으로 모든 배수구가 막혀 있는 "밀폐용기만큼 안전"한 십구층 아파트에서 어디로 침입했는지 모르겠는 쥐를 잡으러 온 사람들이 소동을 피우는 이야기다. 스무평 아파트에서 "어어", "잡아!", "거기, 거기!" 하는 호들갑스러운 소리를 내며 우당탕 우르르 몰려다니는 그들이 유리에 어른거리는 형상은 "우글우글 일그러져 괴상망측했"(17)으나, 집주인 '그녀'는 금방이라도 쥐를 잡아줄지 모른다는 기대로 참을 수밖에 없다. 하지만 몇 시간이 지나도록 쥐는 나타날 기색도 없고, '그녀'는 마침내 "차라리 쥐가 낫지! 쥐가!"(23)라고 투덜거린다. 그들을 당장 돌려보내는 편이 낫겠다고 생각하지만 "한순간 무시무시하고 치명적인 무기로 돌변할 수도 있는 도구를 하나씩 손에 들고 있는 남자들이라는

걸"(23-4) 새삼 깨닫고는 조용히 기다릴 수밖에 없었다. 그러다가,

자신도 모르는 새 꾸벅꾸벅 졸던 그녀는 소스라치게 놀라며 깨났다. 자신을 포위하듯 둘러싸고 있는 그들을 겁에 질린 눈으로 바라보았다. 그들은 그녀가 자신들이 찾는 쥐라도 되듯, 그녀를 향해 망치와 쇠막대와 쇠꼬챙이를 쳐들고 있었다.

"쥐를 보긴 봤어요?"

구가 그녀에게 물었다.

"쥐요, 쥐!"

김이 그녀를 다그쳤다.

"봐......봤어요......"

그녀 스스로가 듣기에도 목소리가 몹시 떨려 나왔다.

"정말로 봤어요?"

김이 쇠막대를 그녀의 턱 아래에 불쑥 들이밀었다.

"봐, 봤다니까요......"

그들은 한 발 또 한 발 내디뎌 포위하듯 그녀를 에워쌌다.

"저, 정말로......봤어요......"

그녀가 간신히 그렇게 내뱉었을 때, 그들은 그녀를 완전히 포위해버렸다.

백이 어금니를 부드득부드득 가는 소리를 들으며 그녀는 스스로가 쥐가 된 듯한 착각에 사로잡혔다. 사흘 전 남편이 부엌에서 목격했던 그 쥐가. 순간 찍!하고 비명이 터져나오려는 입을, 그녀는 얼른 손으로 틀어막았다. (25-26)

쥐는 원래부터 없었던 듯 보이지 않고, 쥐를 잡으러 온 그들은 '그녀'를 독 안에 든 쥐처럼 포위하고 있다. 자기 입에서 찍! 소리가 나올 것 같아 입

을 틀어막는 '그녀'는 쥐를 잡는 쪽인가, 쥐를 잡으려는 그들에게 잡힌 쪽인가. "그들이 유일하게 건들지 않은 요람 속"(36)에서 평온하게 잠든 아기의 입이 벙긋 벌어지며 "쥐쥐쥐쥐쥐 찍찍찍……"(36) 소리를 냈을 때, 그토록 혈안이 되어 뒤졌으나 처음부터 한 번도 나타나지 않았던 '쥐'가 그때까지 뒤지지 않았던 가장 아늑한 곳에서 비로소 '탄생'한 것이 아닌가. 요컨대, 쥐를 잡으려는 이와 쥐처럼 잡힐 것 같은 이, 혹은 쥐가 부엌에 나타나서 생긴 혼란과 쥐를 잡겠다고 부리는 소란을 구별할 만한 확실성은 희미해지고, 잡는 쪽과 잡히는 쪽, 즉 행위를 둘러싼 입장들의 위치는 전도된다. 사방 어느 곳으로도 쥐가 들어올 만한 경로는 없을 것 같은 아파트에 쥐가 나타난 것이 괴상한 일인지, 그 쥐를 잡겠다고 "무대 위에서 행위예술이라도 하듯 뒤엉켜서는 악다구니를 써대던 그들의 동작"(17)이 더 기괴한 것인지, 확답을 내기 어려운 이 당혹감과 혼란은 김숨 소설의 독자들에겐 또 하나의 친숙한 느낌일지도 모르겠다. 「나는 염소가 처음이야」에서도 기다리는 염소는 오지 않고 해부되어야 할 대상과 해부해야 할 주체의 자리바꿈이 날인된 다음과 같은 장면을 쉽게 알아볼 수 있다.

> 그는 새삼 해부대를 응시했다. 스테인레스 재질의 해부대에 떠올라 어른거리는 형상에 시선을 고정했다. 흐릿하고 뭉개진 형상이 해부대에 비친 자신의 얼굴이라는 걸 깨닫고 그는 흠칫 어깨를 떨었다. 눈 코 입이 뭉개져 우스꽝스럽고 기이한 형상이 염소의 형상과 무척이나 닮아 있어서였다. "염소가 안 오네?"
>
> (중략)
>
> "아무래도 고무 다라이 밖으로 피가 흘러넘칠 것 같단 말이야."
>
> 윤이 투덜거리는 소리를 듣고서야 그는 자신이 해부대 위에 사지를 벌리

고 누워 있다는 사실을 깨달았다. 해부대를 둘러싸고 선 학생들의 얼굴이 그의 눈에 들어왔다. 해부대 위에 누워 있어서인지 그는 자신이 염소가 된 것 같았다. 진즉에 보내졌지만, 아직 해부실에 오지 않은 염소가. 해부대는 위에서 내려다볼 때와는 다르게 아늑했다. (79-81)

기다리는 염소가 놓일 해부대 위에 자기 자신의 사지가 놓이고도 어쩐지 "아늑"하게 느끼는 이 괴이한 장면에 이어, "염소 해부 실습의 목적을 뭐라고 써야 하지?"(81)라는 동료의 물음에 "그거야 생명의 존엄성을 깨닫는 거라고 쓰면 되지."(82)라고 답하는 상황, 또 "개구리나 쥐, 염소의 몸을 가지고 인간의 몸을 이해한다는 사실"이 이상하다는 말에 "쥐해부 실습 때 내가 분명하게 깨달은 게 있는데 그게 뭐냐 하면, 쥐하고 인간하고 다를 게 없다는 거야."(82)라고 이어지는 얘기들, 등등. 이런 아이러니들의 연속이 암시하는 것이 곧 인간의 사고와 행위에 따르는 바로 그 '의미화'라는 것의 비합리성, 무논리성, 무차별성 등이라는 사실에 대해 더 길게 말할 필요는 없을 것 같다.

문명화된 인간의 세계가 비이성적이거나 추악한 것들을 가리고 눌러 쾌적함과 안온함을 유지할 수 있다고 말해질 때는, 문명 세계의 어느 균열로부터 비합리와 야만의 힘들이 뚫고 나올 수도 있다는 두려움도 동시에 전해지는 것이라 할 수 있다. 한데, 김숨의 동물 이야기들에 '전도'가 나타날 때, 이는 인간적인 의미화가 은폐한 어떤 동물적인 미개함이 얼마나 기이한 것인지를 알려주는 것이 아니라, 바로 그 인간적인 의미화 자체가 얼마나 이상하고 비이성적인지를 폭로함으로써 그것이 실은 동물적인 미개함이라는 것과 크게 구별되지 않을지도 모른다는 불안감을 발산하는 듯하다. 달리 말하면, 의미화하는 이성의 이면이 아니라 의미화하는 이성 자체가 실은 더 잔혹하고 괴이하며 비인간적이라는 사실 말이다. 그리고 이 사실은 명백한 현실이되 이미 뒤집어진(전도된) 현실이어서 이를테면 '현실성'이라고 하는 '인간적인 의미'까지도 헤쳐 버린다.

> "노루 피를 먹으면 괜찮아질 거다."
>
> "아버지, 어서 노루피를 먹고 싶어요."
>
> "그래, 너처럼 어리고 순한 노루를 잡아서 네 입으로 피를 흘려넣어주마……"
>
> "아버지, 저처럼 어리고 순한 노루여야 해요."
>
> "응……?"
>
> "저처럼 어리고 순한 노루여야 한다고요."
>
> "그래……" (195-6)

한 동네 도배장이들이 도배 일이 없는 비수기에 건달패처럼 모여 술이나 퍼마시고 화투장이나 뜯으며 노닥거리다가 몸 약한 아들놈에게 노루피를 먹여야겠다며 길을 나선 이야기인 「피의 부름」에 나오는 대화 중 일부가 이러하다. 인간의 '비인간성' 혹은 인간화의 '비이성적 이상함'을 이보다 더 사실적으로, 동시에 판타지적으로, 무대화하는 방법이 또 있을까. 어리고 순한 것을 잡아먹는 습성이 동물적인 야수성이 아니라 '인간적'인 사회성에 가까워진 '현실'에서 동물적 삶/죽음의 양태는 인간 삶/죽음의 초현실처럼 다가온다. 꽃과 꿀을 찾아, 인간계의 도덕과는 상관없이 벌처럼 유랑하는 인생들(「벌」), 물속을 유영하는 자라들과 겹쳐지는 물속에서 죽은 자들의 익사체(「자라」), 노루피를 찾아가는 승합차 안에서 "피가 다 빨린 노루"(193)처럼 피 흘린 사람(「피의 부름」) 등등, 이 '인간'들의 삶과 '동물'들의 삶 사이의 경계가 얼마나 확실하게 그어질 수 있을지, 확신하기가 수월하지는 않을 것이다.

인간과 동물의 비대칭적 관계를 통해 인간중심주의를 비판하는 것, 이성과 합리의 이름으로 자행된 인간적 질서를 동물과 차별화된 문명의 우월함으로 이상화하는 기획의 한계를 지적하는 것, 이런 것은 어쩌면 너무 흔하고 빤한 작업인지도 모른다. 인간적 의미화의 자의성이 그다지 자비롭지 못하고 가치 있지 않은 것 같으니 이성과 지성을 회의해야 한다는 주장은 오로지 지금보다 더한 문명과 진보만이 필연적으로 인간을 구원할 것이라는 주장만큼이나 순진하고 편협한 것일 터이다. 그럼에도 여전히, 동물을, 생명을, 사물을, 기계를, 혹은 타인/타자를 지배하는 동시에 지배당하는 인간의 모순과 비참을 줄이면서 살아가지 않을 수 없다면, '인간적인 의미화'의 정체를 더 관찰하고 더 다듬을 수밖에는 없지 않을까. 여전히 동물을, 타자를, 인간/자기-동일화하는 의미에 복속시키는 인간계의 수많은 사태들은 유사한 형태로 반복되며, 인간의 보다 근본적인 자성과 각성이 훑고 지나갈 때까지 흔하고 빤한 식으로 지속될 것만 같으니 말이다.

3. 이토록 유사한 권리의 징표

지구의 지배자인 인류에게 동물은 가장 친밀하고 필요하고, 그리고 아마도 경쟁적인 존재다. 이 세상 동물을 셋으로 나누면 "우리가 텔레비전을 같이 보는 동물, 우리가 먹는 동물, 그리고 우리가 무서워하는 동물"이라고 했다는 얘기는 보르헤스의 "재치 있고 조롱하는 말투"였다고 전해지는데, 인간과 동물의 불평등하고 불균형한 관계를 잘 포착한 말인 듯하다. 앞 장에서 살펴 본 김숨 소설의 인간 대 동물 구도를 이 분류에 대입한다면 대개 두 번째와 세 번째에 해당하려나? 그런데 첫 번째 동물, 인간과 함께 소파에 앉아 텔레비전을 보거나 같은 침대에서 잠을 자는 동물들은 인간과 동물의 가장 평등한 관계를 보여주는 것이라 할 수 있지 않은가? 아니, 보르헤스의 얘기를 전해 준 책의 저자에 따르면 이 분류에서 가장 문제적인 관계가 사실 첫 번째, '우리가 텔레비전을 같이 보는 동물'이 아닐 수 없다. 이 '평등하지 않은 관계'는 "인간이 동물을 포함한 타자들의 신체에 자유롭게 접근하고 소비하는 것을 당연하게 여기는 습관의 틀, 인간 지배적이고 구조적으로 남성 중심적인 습관의 틀"92로 인해 가능한 것이기 때문이다. 그는 이 관계가 "투사, 금기, 환상으로 가득차 있다는 점에서 신경증적"이고 "인간 주체가 지닌 최상위의 존재론적 권리 의식을 나타내는 징표"라고 말한다.[11]

인간 지배적인 혹은 구조적으로 남성 중심적인 습관의 틀을 형성할 수 있었던 권리의 징표가 동물을 통해 가장 잘 드러난 사례라면 이솝 우화 같은 동물 재현을 꼽을 수 있을 것이다. 조금 더 인용하겠다. "동물은 오랫동안 인간을 위해 미덕과 도덕적 탁월성의 사회적 문법을 말해왔다. 이 규범적 기능은 동물을 규범과 가치를 은유적으로 나타내는 대상으로 변화시킨 도덕 해설집과 교훈적 우화집의 규칙이 되었다. (....)불멸의 존재로 만든 고귀한 독수리, 속이는 여우, 겸손한 양과 귀뚜라미와 꿀벌의 그 빛나는 문학

---

11   로지 브라이도티, 『포스트 휴먼』, 이경란 역, 아카넷, 2015. p.92. 저자는 보르헤스를 빌려 인간-동물 상호작용을 세 가지 고전적 매개변수, 즉 "오이디푸스적 관계(너와 내가 같은 소파에 함께 있다), 도구적 관계(너는 궁극적으로 소비되리라), 그리고 환상적(fantasmatic) 관계(이국적이거나 멸종한 자극적인 인포테인먼트 대상들)"로 명명하고, 각각을 간단히 분석했다.

적 가계도를 생각해보라."[12] 인간의 형상을 한 동물 캐릭터들의 관습적 은 유로 된 서사는 동물 상호작용을 인간 상호작용에 등치시키는 환상을 창출한다. 이는 동물의 생명적 질서를 왜곡하는 동시에 인간의 사회적 편견을 자연화할 뿐만 아니라 인간-동물 간 위계에 작동하는 권력과 모순을 은폐하는 역할도 한다.

그리고 바로 이와 같은 인간 지배적인 습관의 징표가 "구조적으로 남성 중심적인" 것이기도 하다는 데로 또한 생각이 미쳐야 할 것이다. 동반자로서의 동물에 대한 서사가 인간의 감상적인 자기 투사와 도덕적 우월감을 해소하는 의미화 체계로 작동하듯, 동반자로서의 여성에 대한 서사가 남성의 감상적인 자기 투사와 도덕적 우월감을 해소하는 관습의 편견을 쌓아놓은 어떤 현실이 자꾸 떠오르기 때문이다. '이혼'이 원제였던 김숨의 소설 「당신의 신」은, 남-녀 상호작용의 집약체라 할 이혼/결혼의 문제를 통해 남녀 간 혹은 아내 대 남편의 구도를 매개하는 통념적 서사들이 어떻게 여성을 억압하는지, 가령 적대감보다 더 문제적인 친밀감이 어떻게 여성을 구속하는지 혹은 어떻게 남성을 지탱하는지, 즉 어떻게 "구조적으로 남성 중심적인" 습관이 형성되는지 여러모로 짐작 가능케 해준다.

「당신의 신」의 주인공 '그녀'는 남편에게 묻고 싶었던 적이 한두번이 아니었다. "사회적 약자들과 소통하며 그들의 고통을 낱낱이 사진으로 기록하는 작업을 하는 그가, 자신과 가장 가까운 존재의 고통에는 어떻게 그렇게 무감각할 수가 있는지."(57) 그에게 이혼 얘기를 꺼냈지만 번번이 묵살되다가 어느 날 만취한 남편은 이렇게 말한다. "당신, 무엇을 위해 시를 쓰지?", "인간의 영혼을 구하기 위해 쓰는 것 아니었어?", "그러니까, 날 버리

---

12   같은 책, p.93.

겠다는 것 아니야?", "네가 날 버리는 건 한 인간의 영혼을 버리는 것이나 마찬가지야. 그러므로 앞으로 네가 쓰는 시는 거짓이고, 쓰레기야."(58-59) 이 터무니없는 궤변에 다행히 그녀는 말문이 막히지 않고 답을 한다. "영혼......? 나는 당신과 이혼하고 싶은 것뿐이야."(58) "나는 당신의 신이 아니야. 당신의 영혼을 구원하기 위해 찾아온 신이 아니야. 당신의 신이 되기 위해 당신과 결혼한 게 아니야."(64)

이 대화는, 서로의 동반자로서 호혜적 관계를 유지하며 삶을 함께 꾸리며 살아간다고 믿는 남녀로 된 (세상의 많은) 부부가 실은 어느 한편 얼마나 다른 심리적 열망을 품고 살아왔는지를 극명하게 보여주는 것 같다. '영혼......?' 동물과 달리 인간에게만 있는 그것, 신께서 자기를 경배하는 인간들에게 잠시 동물임을 잊고 신과 교통하는 사이임을 자랑스러워하도록 내려주신 작은 은혜와도 같은 그것을 들먹이며 감히 인간(자기)의 구원을 의무와 당위로 요청할 때, 분명히 말해도 되겠거니와 동물이 그런 것과 마찬가지로 인간의 영혼 따위는 어디에도 없다. 물론, 인간도 동물도 의식을 갖고 있고 복잡한 감각과 감정을 지닌다. 의식과 감각과 감정과 따로 뗀 채로, 멀지만 가깝게 대하는 사회적 아픔과 가깝지만 돌보지 않는 가족의 아픔을 함께 묶어서, '영혼'이란 말로 눙칠 수는 없다는 말이다. 그럼에도 안타까운 것은, 그의 영혼 타령에 반문했던 그녀가 "한 인간의 영혼을 버리는 것이나 마찬가지라는 비난을 들은 뒤로 시를 쓰지 못하고 있다"(64)는 사실이다. 그녀의 예감대로 그의 말은 그녀를 고통스럽게 하고, 오래도록, 어쩌면 죽을 때까지 고통스럽게 할지도 모른다. 다만 그녀는 최소한 "자신이, 자신의 영혼조차 어쩌지 못해 고통스러워하는 한 인간일 뿐이라는 걸 잘 알"(64)고 있고, 이것이 바로 '그'와 '그녀'의, 남편과 아내의, 결정적 차이다.

한데, 그녀는 그의 궤변이 억견인 줄 알면서도 왜 괴로운 것일까. 「당신의 신」에는 오직 이혼과 관련된 이유로 극심한 고통에 시달려야 했던 여자들의 몇몇 사례들이 등장한다. 목사인 남편을 둔 여자에게 이혼은 "이천 명이 넘는 신도들과의 이혼"(38)이자 "모태에서부터 믿은 신과의 이혼"(39)인 듯 힘들었고 끝내 여자의 온몸에는 암세포가 퍼져버렸다. '그녀'의 어머니는 딸이 크면 "식모살이를 해 먹고사는 한이 있더라도"(37) 이혼하겠다고 벼렸으나 정작 딸이 도와주려고 하자 "스스로가 이혼을 원하는지 않는지조차 판단할 수 없는 지경"(37)에 이르렀다. 이 여자들에게는 단지 이혼이 왜 이렇게 힘든 것인가. "믿음과 기도가 부족해 자신이 벌을 받는 것이라는 남편의 비난"(39) 때문일 것이고, "내 덕에 사십년 동안 세상 무서운 거 모르고 호의호식하며 산 줄 알아야지!"(34)라는 폭언 때문일 것이다. 남편/남성의 것이자 세상의 눈인 그 말[言]들 속에서 여자들은 자기 자신의 생(生)과 원(願)을 잃어버렸다.

남성/세상이 지배하는 말들이 정당하지 않음을, 이치에 닿지 않음을, 그녀들이 알지 못했기에 자신을 잃어버린 건 아닐 터이다. 이혼을 고민할 때 '그녀'를 가장 괴롭힌 것은 남편도 어머니도 아닌, 외할머니가 들려준 옛날이야기의 '다리 없는 여자'였다. 왜일까? 육이오 때 산속으로 끌려가 총살당한 남편의 시신을, 한 팔로 목을 끌어안고 다른 한 팔로 기어서, 떠메고 내려왔다는 그 이야기 끝에 할머니는 "부부가 그렇게 무서운 거란다......"(61)라는 코멘트를 남기셨던 것인데, '그렇게 무서운' 인연을 스스로 내친다는 자책의 감정이 무엇보다도 그녀를 혼란스럽게 했던 것이겠다. 한데 이 감정은 어딘지 수상쩍은 데가 있어 보이지 않는가? 이때의 자책은 (현재) 상대를 적대하는 감정에 대해서라기보다 (과거) 상대와 친밀했던 감정에 대한 것처럼 여겨지기 때문이다. 적대감보다 자책감을 부추기는 그 서사들이 그녀들에게는 더 불편하고 어려운 것일지도 모른다. 이 사실을 그녀들 자신도 확실히 깨닫고 있기가 쉽지 않아서 혼란과 고통이 좀처럼 감소되지 않는 건지도. 다만 「당신의 신」이 가장 선명하게 전하려는 것이, '그녀'가 이제는 그런 혼란과 고통을 완강히 거부한다는 사실임을, 우리가 확실히 깨닫기는 그리 어렵지 않다.

4. 더 이상 그 '인간'이 아니라면

신과 동물 사이에서 오래도록 우주의 주인공 역할을 하느라 인간은 자꾸 중요한 사실들을 잊어버리는 것만 같다. 인간은 동물과 다르다는 점을 계속 말해보지만 우리는 처음부터 동물이고 동물은 우리의 동료였다는 사실도, 인간은 자기를 넘어서는 질서에 대한 믿음으로 겸허해질 필요가 있지만 신이 우리를 만든 게 아니라 우리가 신을 통해 규범과 질서를 만들었다는 사실도, 수시로 우리는 돌아볼 필요가 있지 않을까. 이 글의 앞머리에서도 길게 언급했던 하라리는, 오늘날 인간은 친구인 동물들과 주위 생태계를 파괴하고 "친구라고는 물리법칙밖에 없는 상태로 스스로를 신으로 만들면서 아무에게도 책임을 느끼지 않는"[13] 위험한 존재가 되어버렸다고 말한다. 과학과 산업으로 삶의 조건을 실질적으로 진보시키면서 세 번째 천년을 맞이한 인간의 능력은 놀라울 정도로 커졌다. 그러나 여전히 "스스로 무엇을 원하는지 모르는 채 불만스러워하며 무책임한 신들"[14]처럼 군림하는 인간이 앞으로도 쭉 우주의 주인공일 수 있을 것인가.

◇◇◇◇◇◇◇◇◇◇◇◇◇◇

13 『사피엔스』, p.588.

14 같은 쪽.

김숨의 소설-그가 이전부터 지금까지 꾸준히 해오면서 이미 우리에게 수차례 경고를 준 것만 같은 그 작업 말이다-은 거의 언제나 인간이 인간이라는 사실 자체에 대해, 인간이라는 오만함이 좌절되고 인간이라는 수치심이 고개를 드는 그 '낯선 친숙함'에 대해, 진중하고 주의 깊은 시선으로 예리하고도 생경하게 다뤄진 이야기들이었다. 인간적 의미화 혹은 인간의 자기 동일화가 실패하는 자리이자 불가능한 지점이라고 해야 할 그 세계가 김숨 소설에서 드러날 때마다, '인간적인 것'의 형상은 이지러지고 두려워지고 끔찍해지기도 했던 듯하다. 그것은, 인간이 지구상의 위대한 종, 다른 종들을 대표하여 지구를 통치할 유일하게 추상적인 보편자라는 믿음에 경종을 울리는 징후였으므로, 그런 징후를 보고 '인간'의 한계를 반성해야 한다고 생각했던 것일까. 그런데 이번에 읽은 동물 이야기들에서는, 이전의 그러한 감상이 근본적으로 변경된 것은 아니지만 독후감이 약간 달라진 듯하다. 인간적 의미화의 여러 기제에서 보이는 징후가 인간의 한계를 알려왔다면, '앞으로' 인간은 어떤 위치에 놓일 것이라 예측해야 하는 것일까.

오늘날 우리는, 인간이 동물을 지배하고 지구의 주인, 우주의 주인공이 될 수 있었던 바로 그 이유들로 인해, 앞으로 우리가 지구상의 무엇으로 되어갈 것인지를 예측해야 하고, 동시에 우리가 여전히 지구상의 동물임을 기억하지 않을 수 없다. 왜냐하면, "우리의 기술은 카누에서 갤리선과 증기선을 거쳐 우주왕복선으로 발전해왔지만, 우리가 어디로 가고 있는지는 아무도 모"[15]르기 때문이고, 그보다 더한 것, 이를테면 "자연선택을 지적설계로 대체하고, 생명을 유기적 영역에서 비유기적 영역으로 확장할 태세를

---

15   같은 쪽.

취하고 있다."[16]는 것을 알기 때문이다. 생태계를 황폐화하고 지구의 법칙을 유례없이 바꿔버린 인간은, 인간보다 인간을 더 잘 아는 인공지능과 유기체보다 더 살아 숨쉬는 데이터 처리를 대면하게 된 이 자리에서, 또다시 우리가 어떻게 주인의 자리를 차지했었는지, 그 자리에서 무엇을 자행해 왔는지를 물어야만 한다. 최근에 읽은 김숨의 이야기들이 '인간'에 대해 유례없는 질문을 갑자기 던진 것은 아닐 것이나, 오랫동안 동물의 신이었고 우주의 주인공이었던 그 '인간'을 다시 돌아봐야 한다는 요청이 마치 인간으로 존재하기 위한 어떤 요건처럼 요즘 우리 삶의 매 자리에 깊숙이 퍼져 있었던 게 아닐까.

16 　같은 책, p.109.

유머로서의 비평

― 축제, 진혼, 상처를 무대화한 비평의
10년을 되돌아보기

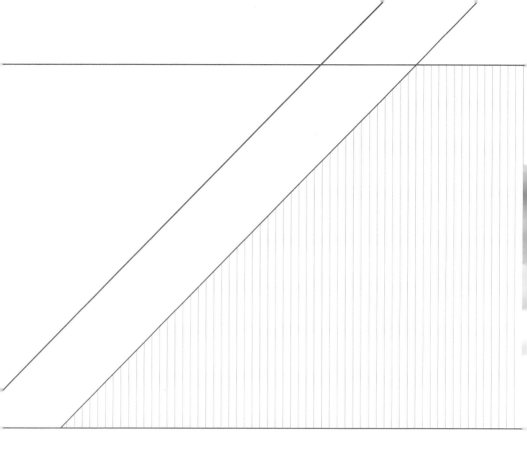

복도훈

안면도에서 태어나고 자랐다.

2005년 계간 〈문학동네〉로 등단했으며, 2007년 제52회 현대문학상(평론 부문)을 수상했다.

평론집 『눈먼 자의 초상』, 『묵시록의 네 기사』, 『SF는 공상하지 않는다』, 연구서 『자폭하는 속물: 혁명과 쿠데타 이후의 문학과 젊음』을 썼고, 옮긴 책으로 『성관계는 없다: 성적 차이에 관한 라캉주의적 탐구』(공역)가 있다.

현재 서울과학기술대학교 문예창작학과에서 가르치며 연구하고 있다.

nomadman@hanmail.net

유머로서의 비평

― 축제, 진혼, 상처를 무대화한 비평의 10년을 되돌아보기

1. 저자의 종생(終生)

구병모의 「어느 피씨주의자의 종생기」(이하, 「종생기」)는 제목이 환기하는 것처럼 한국 인터넷 풍속도의 한 단면을 묘사하는 흥미로운 단편이다.[1] 소설에서 '피씨'는 'P씨'로 불리는 작가, 퍼스널 컴퓨터personal computer, 정치적 올바름political correctness, 경찰police 등 여러 축자적, 비유적(풍자적) 의미들을 함축하고 있는 낱말이다. 「종생기」에는 서술자 '나'가 성별, 나이, 거처 등 개인 신상이 알려지지 않은 작가 P씨의 트위터 계정과 P씨의 소설에 대한 트위터리안들의 비난과 야유를 모니터링하는 내용과 그런 '나'가 실생활에서 겪는 곤핍(困乏)한 사연 및 처지와 병렬되어 있다. '나'가 모니터링하는 P씨의 계정과 그 주변에서 일어나는 사건의 핵심인즉슨 P씨 소설들의

1 　구병모, 「어느 피씨주의자의 종생기」, 『창작과비평』, 2017년 여름호. 번거로움을 피하기 위해 별도의 인용표시는 생략하겠다. 나는 다음 글에서 구병모의 단편을 분석한 적이 있다. 복도훈, 「'정치적으로 올바른' 소송의 시대, 책 읽기의 어려움」, 『쓺』, 2017년 하반기.

인물, 줄거리와 구성, 묘사와 서술의 일체가 한마디로 '정치적으로 올바르지 않다'는 비판의 글 타래들이다. 그것들에 따르면 P씨의 소설은 여성 등을 포함해 사회적 소수자에 대한 차별을 확대재생산하는 설정과 묘사, 서술로 가득 차 있다. 트위터리안들의 '정치적으로 올바른' 의혹과 야유는 작품에서 P씨로 소급되어 결국에는 "작가의 소양이 저급하다"는 확신으로 낙착된다. 물론 사태는 여기서 끝나지 않는다. 자신의 의도는 그것이 아니었음을 여러 차례 사과와 양해로 표명하고 잇따른 신작 발표에도 불구하고 P씨에 대한 SNS의 매서운 반응은 도무지 그칠 줄 모른다. 소설과 작가에 대한 비난을 멈추지 않던 이들은 "무엇보다도 저한테는 아내가 없습니다"라고 남긴 트윗에서 P씨를 높은 수준의 문화생활을 즐기는 미혼 남성으로 추정하는데, 그에 따라 P씨와 그의 작품들에 대한 비난은 더욱더 거세어진다. 그런데 소설은 P씨의 계정에서 일어나는 사태를 지켜보던 '나'와 P씨가 동일한 인물임을 알려준다. 그것은 '나=P씨'를 제외한 누구도 모른다. 실제로 '나=P씨'는 "돌보아야 할 남편과 아이들, 엄마 아빠 동생까지 있는데 유일하게 나한테 없는 건 아내"인 삼십대 중후반의 기혼 여성이었다. 소설은 계정을 닫고 "말의 죽음을 맞이하기에 가장 적절한 시간"으로 되돌아가는 '나=P씨'의 쓸쓸한 독백으로 끝을 맺는다.

「종생기」는 트위터를 비롯한 SNS 문화의 병리학적인 세태를 풍자하는 한편으로 '저자의 소멸', 독자가 텍스트 해석의 주권자가 된 오늘날의 문학 환경에 대해서도 시사하는 바가 적지 않다. 사실 소설에서 P씨의 작품에 대한 온라인의 거센 반응들 몇몇은 관습적인 재현의 누습(陋習)이나 폭력을 비판하는 세간의 문화비평의 한 대목을 읽는 것을 방불케 할 정도이다. 또한 작가와 작품의 분리 또는 연루에 대한 최근의 논란을 환기시키기도 한다. 어떻게 보면 「종생기」는 작가와 작품보다 작품과 독자의 관계가 더 중요해졌다는 사실을 알려준다.[2] 이 소설에서 일어나는 해프닝은 비평가들이 신비평의 용어로 '감정(영향)의 오류'fallacy of affect로 부를 만한 사항이다. 그렇지만 감정의 오류라는 지적이 SNS에서 통할 리 없겠고, 오늘날의 현장비평에서 그것은 작품에 반응하는 감상(감정)의 차이 정도로 이해된다. 이 소설은 작가가 작품으로 말하고자 했던 의도가 사라지거나 무시되고, 작품의 의도와 그에 대한 평가가 해석의 갈등을 만들지 않고 따로따로 공회전하며, 독자들의 작품 해석에 의해 저자가 특정한 정체성(성별, 계급 등)으로 식별되는 우리 시대에 좀더 중요하게 부상하는 메타비평적인 함의와 질문마저 내포하고 있다. '근대문학의 종언' 논쟁에서 최근의 페미니즘 비평에 이르는 지난 10여 년간의 한국 비평의 주요 작업과 논쟁을 회고하면서 구병모의 단편을 먼저 떠올린 이유는 무엇이었을까.

소설에서 환기되듯이 '저자의 소멸'은 단지 특정한 저자author=권위authority의 소멸을 뜻하는 것만은 아니다. 또한 그것은 오늘날 문학이 사소해졌다는 만시지탄이나 저자의 소멸과 나란히 거론되는 독자 중심 시대에 대한 비평가의 직업적 한탄만을 의미하지도 않는다. 구병모의 소설이 내게 중요했던 것은 지금도 논란이 되고 있는 작가와 작품, 작품과 독자의 관계의 변화, 곧 작가에서 작품으로, 작품에서 독자로의 거의 확고부동한 중심 이동이 지난 10년간 한국의 문학비평에서 일어났던 여러 논의나 논쟁의 핵심과 맞물리면서 은밀하게 진행되고 있었던 것은 아닌가하는 생각을 확신시켜준 계기가 되었기 때문이다. 나는 이러한 일련의 변화와 흐름 속에서 문학의 언어와 재현에서도 중요한 의미론적인 변동이 일어났다고 생각한다. 이러한 변동은 나름대로 한국문학에서 언어와 재현에 대한 심화되

<hr>

2   이지은, 「몹(mob)잡고 레벌업: '만렙'을 향한 한국문학의 도정」, 『문학3』, 2017년 3호.

고 확장된 논의의 지평을 열었지만, 동시에 문학을 병목 구간처럼 다소 협소하게 만드는 결과를 낳았다고도 생각한다. 한국의 비평 극장에서 어떠한 일이 벌어졌는지를 하나씩 검토해보도록 하자.

2. '건너뛴 것에 대한 청구서'

돌이켜보면 2005년 전후에 벌어진 가라타니 고진의 '근대문학의 종언'론과 그에 대한 한국 비평의 반응은 '정치'와 '문학'의 지위에 대한 인식론적인 변동을 가져온 중요한 비평적 사건이라고 할 만하다. 그렇지만 '근대문학의 종언'이라는 어휘에서 환기되었던 헤겔적인 종말=목적론은 한국의 문학비평에서 일부를 제외하고는 의미 있게 받아들여지지 않은 것 같다. 과연 도덕적, 정치적 과제를 오랫동안 짊어져왔던 한국에서 문학의 지위란 예전의 영광과 부담을 더는 누리지 못하게 되었는가, 정치적, 도덕적 부담감으로부터 해방된 문학이란 가라타니의 말처럼 그저 '오락'에 불과한 것인가라는 여러 반문이 있었다. 누군가는 이러한 종언에서 감지되는 '비평의 우울'에 충실할 것을 주문했으며, 또 누군가는 문학이 그 자신으로 회귀한 자율과 해방의 형태를 '문학의 윤리'라고 명명했다. 한편으로 어떤 이는 문학을 떠나기 전에 가라타니가 근대 리얼리즘 문학의 대항마로 제시했던 "르네상스적인 것의 회복"[3]을 가능하게 할 문학의 다른 모습을 스스로 거둬간 것에 대한 애석함을 표명했다. 그리고 앞선 이들보다 신참들은 가라타

3 　가라타니 고진, 『근대문학의 종언』, 조영일 옮김, 도서출판 b, 2006, p.180. 앞으로 이 책을 인용할 경우, 본문에 페이지 수만 표시한다.

니의 문제의식을 우회함으로써 '문학의 정치'라는 과제에 몰두했다.[4]

이쯤에서 가라타니의 문제적인 문장을 다시 읽어볼 필요가 있겠다. "문학의 지위가 높아지는 것과 문학이 도덕적 과제를 짊어지는 것은 같은 것이기 때문입니다. 그 과제로부터 해방되어 자유롭게 된다면, 문학은 그저 오락이 되는 것입니다."(p.53) 이어서 그는 "문학에서 무리하게 윤리적인 것, 정치적인 것을 구할 필요는 없다고 생각합니다"(같은 쪽)라고 덧붙인다. 문학이 짊어졌던 도덕적, 정치적 과제를 내려놓는 것은 문학에게는 분명 해방, 자유이다. 다만 이러한 문학의 해방과 자유는 오락의 형태를 띤다는 것이다. 전자와 관련하여 가라타니의 말은 어느 정도 설득력이 있었다. 이데올로기 또는 역사의 종언 이후 문학의 지위가 달라졌다는 것은 일본에서뿐만 아니라 한국에서도 '상실의 시대'라고 할 수 있는 1990년대 이후에 해방과 애도가 착잡하게 뒤섞인 공통감으로 다가온 측면이 있었기 때문이다. 그러나 가라타니가 마치 『맥베스』의 마녀처럼 모호하게 말한 '오락'은 제대로 해명된 적이 없는 예언이자 수수께끼 같은 어휘이다. 적어도 그가 말한 '오락'은 문학이 정치와 사회, 도덕과는 무관한 엔터테인먼트 대중 문학이 되었다는 의미는 아니었기 때문이다. 종언이라는 어휘에서 환기되는 우울과 나란히 놓고 보면 '오락'은 오히려 대상(정치)의 상실에서 오는 우울을

---

4   신참들 가운데 한 명이었던 나는 가라타니의 비평, 특히 그의 '근대문학의 종언'을 여러 차례 비판한 적이 있다. 그중 하나에서 나는 '근대문학의 종언'이 문학이 끝났다는 선언을 가라타니의 '예언'으로 읽었고, 그가 예언하는 자=사건의 필연성을 강요하는 교주가 되었다고 생각했다. 그때 나는 쓰는 자, 사전(死前)의 입장에 선 가라타니보다도 읽는 자, 사후(事後)의 입장에 선 가라타니를 읽었다. 정확히는 사후의 입장에서 사전의 입장을 비판했다. 따라서 이 글은 가라타니가 저자로서 의도한 것, 사전의 입장이 무엇이었는지를 다시 살펴봄으로써 나 자신에게 행하는 비판이기도 하다. 복도훈, 「가라타니 고진을 '읽는다는 것'」, 『문학동네』, 2014년 여름호.

대면하는 또다른 태도나 분위기에 더 가깝다. 오락은 정치의 짐으로부터 벗어 난 문학의 특별한 내용 형식이 아니라 종언 이후의 문학이 지향하는 태도, 문학을 둘러싼 분위기, 감정과 같은 것이다. 가라타니는 「근대문학의 종언」을 발표한 이후 거의 10년이 지나 「이동과 비평」에서는 이렇게 쓰고 있다. "근대문학은 종교에서 유래하는 도덕적 과제를 떠맡은 것입니다. 문학이 종교에서 해방되었다 해도 이 과제로부터 해방된 것은 아닙니다. 다른 형태로 그것을 짊어지게 됩니다. 그것이 사회주의라는 과제로서 나타났습니다. 즉, 종교를 대신하여 문학을 제약하는 것으로 등장한 것이 '정치'입니다."[5] 별로 달라진 것 없이 이전 진술을 반복한 것으로 보이며, 인용한 문장 자체도 사태에 대한 반복을 가리키는 수사로 이루어져 있다. 그리하여 이중의 반복에서 뜻밖에 감지되는 강박이 방금 읽은 문장에서 도드라진다. '다른 형태로 그것을 짊어'진다는 표현이 그것으로, 여기에는 종교(정치)의 부담에서 해방된 문학은 다른 형태로 무엇인가를 다시 떠맡을 수밖에 없지 않을까하는 불안이 도사리고 있다. '다른 형태로 그것을 짊어진다는 것'은 「근대문학의 종언」에서 "건너뛴 것에 대한 청구서는 어쨌든 어딘가에서 지불하게 될 것입니다"(p.63)라는 말로 지나가듯이 표현된 적이 있다. 이 '청구서'는 무엇인가.

대상의 상실, 우울 그리고 해방(오락). 프로이트의 논의를 빌리면, 가라타니가 말하는 오락은, 그것이 종언 이후의 문학을 둘러싼 하나의 감정인 한, 내 생각에는 '조병(躁病, manic)'으로 이해하는 게 타당해 보인다.[6] 조병은 애

---

5   가라타니 고진, 「이동과 비평: 트랜스크리틱」, 조영일 옮김, 『자음과모음』, 2015년 가을 호, p.212.

6   나는 김연수의 장편소설들을 분석하면서 80년대 후반에서 90년대 초반으로의 역사적 변동에서 발견되는 상실의 흐름 이면에 새로운 시대의 시작을 재빨리 알리려는 조증이 자

도와 우울에 대한 프로이트의 연구에서 별로 주목받지 못한 것으로, 프로이트에게는 때로는 대상 상실을 극복한 애도의 징표로, 동시에 그것보다는 대상 상실을 극복하지 못한 위장된 우울의 연장으로 이해된다. 이 글의 맥락에서 이데올로기, 역사, 문학의 '종언'에서 감지되는 우울로부터의 일시적인 해방이란 우울의 또 다른 연장이었다. "조병의 당사자는 마치 걸신들린 사람처럼 새로운 대상 카섹시스를 찾아 나섬으로써 그의 고통의 원인이 되었던 대상에게서 자신이 이제는 완전히 해방되었음을 그대로 나타내 보이는 것이다."[7] 조병은 자아가 대상 상실을 극복한 것의 표현인가. 프로이트가 말한 것처럼, 조병에서 "자아가 극복한 것, 그리고 자아가 쟁취한 것은 자아에게 은폐되어 있을 뿐이다.[8]" 은폐된 그것이 가라타니의 말을 빌려 '건너뛴 것에 대한 청구서'라고 할 수 있지 않을까. 그리고 이 청구서는 반복 강박의 형태로 자아에게 어떤 식으로든 되돌아오지 않을까. 그리하여 2008년경에 제기된 '문학의 정치'는 가라타니의 문학 종언론에 대한 한국 비평의 대응이 되었다. 그즈음에 '문학의 윤리'는 '문학의 정치'에 대한 논의로 바통을 넘겨준다. 조병을 앓던 당사자인 문학 비평이 새로운 대상 카섹시스로 찾아 나선 것은 극복되었거나 떠났다고 믿었던 정치였다. 정치는 저절로 회귀한 것이 아니라 최소한 2008년부터 한국 사회의 민주주의의 위기가 사회 전반적으로 뚜렷하게 가시화되던 때와 맞물리면서 문제적인 것으로 다시금 등장한다. 그럼에도 그것은 가라타니의 '정치의 문학'의 정치,

◇◇◇◇◇◇◇◇◇◇◇◇

　　리 잡고 있는 것은 아닌지 질문한 적이 있다. 복도훈, 「화염과 재: 김연수 소설이 말하면서 말하지 않은 것」, 『눈먼 자의 초상』, 문학동네, 2010, pp.507-16.

7　　지그문트 프로이트, 「슬픔과 우울증」, 『무의식에 관하여』, 윤희기 옮김, 열린책들, 1997, p.265.

8　　지그문트 프로이트, 「슬픔과 우울증」, p.264.

즉 문학에게는 자아 이상이나 초자아로 기능하던 정치는 아니었다. 새로 등장한 정치는 상실된 대상과 자아가 융합되는 것과 같은 축제적인 기분, 조병에 어울릴 만한 다른 정치였다. 자크 랑시에르의 '문학의 정치'가 평단에서 호출되었으며, 시인 김수영이 부활했다. '정치의 문학' 대신에 '문학의 정치'를 제기한 이는 흥미롭게도 비평가가 아닌 작가(시인)였다. 작가의 물음은 의도와 재현, 저자와 작품 간의 불일치의 문제를 중심으로 회전했는데, 사실 그것은 근대문학의 문제의식을 얼마간 닮아 있었다. 하지만 이러한 문제의식은 작가와 작품의 불일치의 문제를 작품과 독자의 감응이라는 다소 떠들썩한 교감의 축제를 수행하는 방식으로 해소한 것이었다.

3. 축제의 무대: 정치의 문학에서 문학의 정치로

시인 진은영이 「감각적인 것의 분배」에서 제기한 '문학(시)의 정치'는 작가가 작품을 쓸 때마다 체감하던 의도와 재현, 저자와 작품 사이의 간극, 불일치의 경험에서 비롯된 것이다. 그리고 이 불일치의 경험은 개별적이지 않고 보편적이다.

이주노동자와 비정규직 노동자 들의 투쟁을 지지하며 성명서에 이름을 올리거나 지지 방문을 하고 정치적 이슈를 다루는 논문을 쓸 수도 있지만, 이상하게도 그것을 시로 표현하는 것은 쉽지가 않다. 사회참여와 참여시 사이에서의 분열, 이것은 창작 과정에서 늘 나를 괴롭히던 문제이다. 나는 이 난감함이 많은 시인들이 진실된 감정과 자신의 독특한 음조로 새로운 노래를 찾

아가려고 할 때 겪는 필연적 과정일 거라고 믿고 싶다.'

진은영이 여느 평론가 이상으로 랑시에르의 논의를 충실하게 받아들이고 김수영의 시론을 새롭게 해석하면서 수행한 것은 "사회참여와 참여시 사이에서의 분열" "난감함", 요컨대 불일치에 내재된 불가능성을 가능성으로 전환시키려는 집요하고도 인상적인 노력으로 요약 가능하다. 랑시에르의 '문학의 정치'는 어떤 의미에서는 가라타니식의 '정치의 문학'을 부정신학적인 방식으로 분절해나가는 작업을 닮았다. 랑시에르에 따르면 '문학의 정치'는 문학을 정치의 수단으로 삼는 것이 '아니며', 문학을 정치와 일치시키고자 하는 아방가르드적 활동도 '아니다'. 또한 그것은 '작가의 정치'가 '아니며', 작가가 저술을 통해 다양한 정치사회적인 정체성을 표상하는 작업도 '아니다'. 다시금 그것은 '작가가 정치적 참여를 해야 하느냐'도 '아니며', '예술의 순수성에 전념해야 하느냐' 하는 문제도 '아니다'. '문학의 정치'는 문학과 정치를 각기 별개로 취급하는 '감각적인 것의 나눔(분할)'의 낡은 방식, 정치와 문학에 공통으로 들러붙어 서로를 분할하는 '치안'을 지속적으로 문제 삼는 작업이다. 랑시에르에 따르면 문학(예술)과 정치는 "불일치의 형태로, 감각적인 것의 공통 경험을 재편성하는 조작으로 서로 맞붙어 있다".[10] 그렇지만 글쓰기의 좌절과 불가능성마저 동반하는 시인의 난감함, 요컨대 의도와 재현의 간극, 불일치는 오히려 시작(詩作)의 구성적 조건으로 전환된다. "문학의 정치는 문학이 그 자체로 정치행위를 수행하는 것

9   진은영, 「감각적인 것의 분배」, 『문학의 아토포스』, 그린비, 2014, p.16.

10   자크 랑시에르, 『해방된 관객』, 양창렬 옮김, 현실문화, 2016, p.91.

을 함축한다."[11] 이 말은 문학은 지배적 삶의 형태에서 떨어져 나오는 방식으로, 또한 삶과 문학의 나눔을 문제 삼는 일련의 문학적인 행위를 통해 삶과 분리되지 않은 정치를 수행한다는 뜻이다. 요컨대 진은영과 랑시에르의 '문학의 정치'는 이러한 수행적인 실천이다. 작가와 독자, 쓰기와 읽기, 시와 소설 등의 장르의 물화된 경계, 분할을 온통 뒤흔드는 해방의 축제로 그것들과 결별하자! 시인 자신이 말한 것처럼 비록 이러한 축제가 "어쩌면 낭만적으로 들릴 수도" 있더라도.

재건축 철거에 맞서 투쟁 중인 건물에서 아방가르드 시인들의 작품을 낭송하기, 학습지 노동자들이 농성 중인 광장을 향해 떠오르는 달을 보면서 왕유와 소동파를 베껴 쓰기, 투쟁 기금으로 마련한 백설기를 먹으며 카프카의 소설들과 말레비치의 「검은 사각형」과 만난 첫인상에 대해 쓰기.[12]

관객은 자기 앞에 있는 시의 요소들을 가지고 자기만의 시를 짓는다. 관객은 퍼포먼스에 참여한다. 퍼포먼스를 자기 방식대로 다시 하면서, 예를 들어 퍼포먼스가 전달한다고 간주되는 생의 에너지를 회피하면서 퍼포먼스를 단순한 이미지로 만들고 이 단순한 이미지를 자신이 책에서 읽었거나 꿈꾸었던, 자신이 겪었거나 지어냈던 이야기와 연결시키면서 말이다. 그리하여 관객은 거리를 둔 구경꾼인 동시에 자신에게 제시되는 스펙터클에 대한 능동적 해석가이다.[13]

---

11   자크 랑시에르, 『문학의 정치』, 유재홍 옮김, 인간사랑, 2009, p.9.

12   진은영, 「시, 숭고, 아레테: 예술의 공공성에 대하여」, 같은 책, p.203.

13   『해방된 관객』, p.24.

나란히 인용된 진은영과 랑시에르의 문장은 '누가 쓴 것이든 무슨 상관이냐'라고 해도 좋을 정도로 언뜻 구별 불가능해 보이는데, 이러한 축제는 관객, 무대, 배우 등의 분할선의 간극이 폐지되는 연극의 무대에서 해방의 정점에 달한다. 랑시에르 자신의 말을 빌리면, 바로 "그것이" 랑시에르의 미학의 정치의 "요점이다".[14] 그런데 이것은 진은영이 애초에 제기했던 작가의 의도와 재현의 불일치라는 문제에 대한 해결인가(의도와 재현의 불일치는 해결 가능한 문제인가). 진은영에게는 그렇다. 그런데 그것은 쓰는 진은영이 아니라 읽는 진은영의 편에서, 정확하게는 저자가 독자가 되고 독자는 저자가 되는 **"특정한 문학적 감응 관계 속에서 작동하는 모방과 전염"**[15] 덕택에 가능해진 것이다(의도와 재현의 불일치는 해결 가능한 것이 되어버렸다). 들뢰즈와 가타리에게서 빌려온 감응, 모방, 전염은 이즈음 우세한 비평 용어로 부상하고 있었다. 그 어휘들은 자신의 속성을 좇아 마치 바이러스처럼 확산되면서 언어의 의미를 바꿔놓게 된다.

그런데 감응, 모방, 전염이라는, 호환 가능한 정동affect의 어휘들은 이 글의 문제 틀에서 볼 때 저자와 작품, 의도와 재현의 불일치에서가 아니라 작품과 독자의 일체화된 감응에서 얻어진 것들이다. 감응은 의도와 재현의 불일치를 해소한다. 언어는 의미를 전달하는 매개체가 아니라 정동의 운반체, 정동 그 자체가 된다. 유일한 저자는 작품에 능동적으로 감응하는 독자이다. 작품은 무엇을 의미하느냐 하는 문제보다도 네가 작품을 어떻게 느끼느냐는 물음이 중요하게 된다. 네가 작품에서 체험한 것, 작품과 네가 하

---

14   같은 쪽. 랑시에르의 정치학이 축제적인 연극의 스펙터클을 모델로 하고 있다는 견해에 대해서는 피터 홀워드, 「평등의 무대화」, 윤원화 옮김, 『자음과모음』, 2010년 봄호 참조.

15   진은영, 「문학의 아토포스: 문학, 정치, 장소」, 같은 책, p.166. 고딕 강조는 원저자의 것.

나가 되는 것, 작품에 대해 너와 내가 느끼는 것이 더욱 중요해진다. 롤랑 바르트의 말을 빌리면, 독자는 작품을 읽는 자가 아닌 쓰는 자가 된다. 저자와 의도와 작품의 불일치는 중요하지 않게 되었다. 결국 '문학의 정치'는 가라타니의 '정치의 문학'이 떠난 빈자리를 차지한 새로운 카섹시스의 대상이 된다. 그에 따라 저자와 독자, 작품과 언어에 대한 의미론적 변환도 수반되었다. 그즈음 작가들은 '누가 쓰는가'보다 '누가 써도 무슨 상관인가'라는 비인칭의 실험에 주력했으며, 비평가들은 '언어(작품)의 의도(의미)는 무엇인가'보다 '언어(작품)는 무엇을 수행 하는가' 또는 '언어의 영향(효과)은 무엇인가'에 몰두하고 있었다. 문학에서 중요하게 된 것은 여전히 언어와 작품이었지만, 언어는 정동을 어떻게 효과적으로 불러일으킬 수 있는가(문학), 또 작품은 무엇을 수행할 수 있는가(정치)에 열중했다. 전 주체적, 비인격적 신체들을 관통하는 정동을 나누는 무수한 공동체들이 명명되었다. 의도가 사라진 자리를 차지한 것은 작품에 감응하는 신체, 언어, 정동이었다. 그러나 신체, 언어, 정동에 대한 비평의 강조는 저자와 작품을 '우연'으로 간주하는 것을 자연스럽게 여기는 태도를 낳았다. 어디까지나 작품과 독자의 관계가 우선이었다.

4. 의도의 부활

이번에는 가라타니의 '정치의 문학'에서 '정치'가 의미하는 바가 무엇이었는지, 그에 따라 문학에서 무엇이 중요했는지를 질문해 보도록 하겠다. '정치의 문학'에서 '정치'에는 두 가지 뜻이 내포된 것으로 보인다. 하나는 문학에 짐을 지웠던 사회주의 이념(이데올로기)이며, 다른 하나는 그러한 이념에 내포된 보편성에 대한 열망이다. 가라타니에게 '정치'는 "자본주의와 국가의 운동"(p.86)에 대한 질문, 곧 그에 대항하는 보편성이 무엇인가라는 질문이다. 보편성에 대한 물음은 한마디로 누가 옳고 그른가에 대한 신념을 표명하거나 논쟁을 열 가능성과 관련이 깊다. 그것은 또한 저자가 작품으로 말하고자 했던 바가 무엇인지에 대한 의견들이 불일치할 가능성을 열어놓는 일이기도 하다. 가라타니가 근대문학은 끝났다고 말했을 때, 그것은 동시에 문학의 짐이었던 정치가 어떤 식으로든 끝났다는 뜻이며, 비록 정치가 끝났다고 보편성에 대한 물음이 중단된 것은 아니라는 의미이기도 하다.

당연히 '정치의 종언'은 가라타니가 말한 것처럼 이데올로기의 종언, 역사의 종언이었다. 그렇다면 이데올로기와 역사가 끝날 때 끝나는 것은 무엇인가. 미국의 마르크스주의 비평가 월터 벤 마이클스는 역사가 끝날 때 끝나는 것은 "사회적 조직의 이상적 형태에 대한 근본적인 의견 불일치"[16]라고 말한다. "이데올로기적 갈등은 보편적인 것이다. 왜냐하면 이해관계의 갈등과 달리, 이데올로기적 갈등은 의견 불일치와 관련되기 때문이다. 그리고 보편화되는 것은 바로 이 의견 불일치의 가능성이다"(p.65). 의견, 진리, 이데올로기는 서로에게 강요되는 것이며, 그렇기 때문에 그것은 보편적인 '신념'으로 표명된다. 그것은 당신이 옳거나 틀렸을 수도 있다고 주장하는 것이다. 그러면 이데올로기와 역사가 끝날 때 시작되는 것은 무엇인가. 역사의 종언 이후에 우세해진 반정초주의의 이론은 서로에게 강요되고 짐이 되는 의견, 진리, 이데올로기가 문화적으로 상대적일 뿐이고, 또한 그러한 의견에 대한 강요는 폭력적이며, 보편성에 대한 기대와 열망은 특정한

---

16 월터 벤 마이클스, 『기표의 형태』, 차동호 옮김, 앨피, 2017, p.46. 앞으로 이 책을 인용할 경우 본문에 페이지 수만 표시한다.

주체가 특정한 신념을 지역적으로 표명하는 것에 불과한 것으로 다시 쓴다. 당신이 말하는 보편성이란 인종 중심적, 젠더적인 편견의 반영이며, 보편성의 기준이란 한낱 문화적(지역적)인 것에 지나지 않는다. 보편성이 아니라 신체(인종, 젠더)와 언어(문화)가 중요하다. 당신은 주장하는 것이 아니라 내게 강요하는 것에 불과하며, 사실상 나와 다른 언어로 말할 뿐이다. 만일 당신이 여전히 보편적인 '신념'을 주장한다면 그것은 이데올로기적 '광신'일 뿐이다. 따라서 "역사의 종말이 가져오는 실질적인 결과"는 "사람들이 생각하는 것들 간의 차이(이데올로기적 차이)와 사람들이 소유하는 것들 간의 차이(계급적 차이)를 사람들이 누구로(혹은 무엇으로) 되는 것들 간의 차이(정체성적 차이)로 대체"(p.57)한다. 뿐만 아니라, 이데올로기가 아닌 정체성을 역사의 종말 이후 정치학의 새로운 주인공으로 무대에 올려놓는다.

문학평론가이기도 한 마이클스는 문학비평에서 역사의 종말 이후의 '정치'의 이러한 변동(이데올로기에서 정체성)에 대응하는 것으로 작품 속에서 작가의 의도가 무엇인지에 대해 해석(논쟁)하는 것보다 작품이 독자에게 어떻게 느껴지는가에 대한 논의(의견의 차이에서 주체 위치의 차이)로 대체되는 경향을 이야기한다. 문학비평에서 반정초주의의 대표적인 이론가인 스탠리 피시의 말을 빌리면 작품은 의견 불일치, 해석의 갈등을 유발할 이유가 없다. 독자들은 한 편의 시로 표현한 작가의 의도를 추적하면서 피곤한 논쟁을 벌이는 것보다 "저마다 자신이 지은 시"(p.68)를 읽는 시인이 되는 게 훨씬 낫다. 이러한 견해는 저자의 권위에 짓눌렸던 독자를 저자와 동등한 반열에 올려놓음으로써 비싼 등록금을 내고 피시의 수업을 듣던 수강생들이 평소에 가졌던 불만을 틀림없이 완화시킬 수 있었을지도 모른다.

앞서 나는 「종생기」에서 P씨의 소설들을 비난하는 독자들의 '감정의 오류'는 더는 감정의 오류로 부르기 어렵게 되었다고 말했다. 동시에 그것은

'의도의 오류'를 의도의 오류로 부르지 못하는 결과를 낳는다. '감정의 오류'는 작품의 의미와 가치를 독자의 쾌와 불쾌와 같은 감정에 귀속시킬 때 발생할 수 있는 오류이다. 구병모의 소설에서 독자들은 P씨의 작품에 대해 불쾌를 토로한다. 그리고 독자들의 불쾌는 소급되어 작가 P씨의 정체성에 대한 심문으로 이어져 작품의 재현 방식을 작가의 의도로 규정한다(풍속소설로서 「종생기」의 가치는 오늘날 무엇인가를 읽는 일은 독자뿐만 아니라 작가의 정체성을 규정하는 일이 되어가고 있음을 알려준다는 것이다). 그것은 분명 의도의 오류로 보인다. 의도의 오류는 작품에 대한 독자(비평가)의 해석을 작가(세계관)에게 소급시키는 것을 오류임을 지적하는 비평 용어이다. 작품은 "탄생하는 순간 작가를 떠나 그의 의도나 통제가 작용할 수 있는 범위를 벗어나 세상에 맡겨"지기 때문이다.[17] 대체로 현대비평(해체론, 독자반응비평 등)은 신비평의 노선을 따라 작품을 작가의 의도에서 벗어난, 독자의 손아귀에 우연하게 쥐여진 자연적인 대상으로 간주한다.

얼핏 보면 의도의 오류는 감정의 오류와 배치되는 것처럼 보인다. 그러나 의도의 오류는 작품을 작가(세계관)와 동일시하는 것뿐만 아니라 독자가 작품을 읽음으로써 작품이 말하고자 한 것, 작품을 통해 작가가 말하고자 한 것을 유추하려는 노력까지 싸잡아 오류로 간주해버렸다. 의도 자체가 오류가 되어버림으로써, 즉 의도가 사라져버림으로써 감정의 오류의 오류 또한 더 이상 오류가 아니게 되었다. 감정의 오류는 단지 감정의 차이일 뿐, 오류가 아니다. 흔한 말로 그건 네 견해이며, 네 취향의 강요에 불과할 뿐이라는 것이다. 우리는 다음과 같이 말하는 것에 이미 익숙해졌다. "네가

---

17   W. K. 윔사트·M. C. 비어즐리, 「의도론적 오류」, 데이비드 로지 엮음, 윤지관 외 옮김, 『20세기 문학비평』, 까치, 1984, p.109.

원하는 것과 내가 원하는 것의 차이는 단지 너와 나의 차이다. 네가 보는 것과 내가 보는 것의 차이는 단지 네가 서 있는 곳과 내가 서 있는 곳의 차이다." 요컨대 그것은 너와 나의 "주체 위치상의 차이"(p.28), 서로 다른 정체성의 차이일 뿐이다. 만일 여전히 오류가 있다면 그것은 다만 작가의 오류, 작가의 정체성의 오류(차이)일 뿐이다. 따라서 내가 그렇게 읽은 것은 네가 그렇게 썼기 때문이라고 말할 때 거기에는 여전히 의견 불일치가 있다. 하지만 내가 그렇게 읽었기 때문에, 네가 그렇게 썼기 때문에 너는 그런 사람이라고 말할 때 의견 불일치는 사라져버린다. 그러나 구병모의 소설이 알려주는 것처럼, P씨를 삼십대 후반의 고급 문화생활을 하는 남성 작가의 정체성으로 확정하려는 독자들은 P씨인 '나'의 정체성에 대해서는 정작 아무것도 모른다. 「종생기」에서 읽을 수 있는 것은 P씨의 작품이 아니라, 작품에 대한 독자들의 반응뿐이다. 저자의 작품과 의도를 「종생기」에서는 그 누구도 읽을 수 없다. 그러나 누구도 읽을 수 없다고 해서 이것들이 사라진 것이라고 할 수 있을까. 그렇다면 의도는 왜 중요한가. 저자의 의도가 독자의 반응보다 중요하다고 말하는 이유는 무엇인가.[18]

---

18 테리 이글턴의 『문학 이벤트』는 유명론적인(해체론적인, 독자반응주의적인) 경향이 현저히 강한 오늘날의 문학 이론에 맞서 작품과 저자의 의도가 가진 중요성을 별도로 언급한다. 그건 그렇고 이 책의 옮긴이는 여러 군데에서 신비평의 특허품인 '의도의 오류'를 '의도적 오류'로, 한 군데에서는 '국제적 오류'라고 번역해 놨다. '의도적 오류'는 너그럽게 넘어간다손 치더라도 '국제적 오류'는 다분히 의도적이라고 할 만큼 의미심장한 오류로 보인다. 물론 intentional을 international로 잘못 읽어서 벌어진 해프닝이겠다. 아무래도 이것은 '의도의 오류'가 한국에서뿐만 아니라 전 지구적인 문학 환경에서도 심심찮게 일어나는 일임을 암시하는 것 같다. 테리 이글턴, 『문학 이벤트』, 김성균 옮김, 우물이있는집, 2017 참조.

5. "모든 소들이 검게 보이는 밤"

마이클스의 말을 되풀이하면 저자의 의도를 복원한다는 것은 저자의 세계관을 묻거나 그를 특정한 정체성으로 귀속시키는 것보다 작품에 대한 의견 불일치의 가능성을 열어놓는 일이 더 중요하다는 뜻이다. 또한 의견 불일치의 가능성을 열어놓는다는 것은 작품의 특정한 의미, 가치, 도덕 등에 대해 해석을 하고 논쟁을 벌일 수 있는 공통의 지평을 마련할 수 있다고 주장하는 것이다. 작품 해석을 통해 저자의 의도를 묻는다는 것은 작품을 쓴 저자에게 인터뷰를 요청해 이 작품이 당신이 의도했던 그것인지를 확인하려는 작업이 아니다. 작품 해석은 "그가 해당 저작을 특정 태도나 특정 논의 등등에 대한 공격, 혹은 방어, 아니면 비판 혹은 기여로 의미했음이 분명하다고 말할 수 있는 것",[19] 즉 저자의 의도를 추론하는 일을 포함한다. 그것은 당신과 내가 작품에 대한 해석을 두고 의견 불일치를 최대한 열어놓음으로써 무엇인가를 함께, 요컨대 보편성을 함께 열어젖힌다는 의미이다. 물론 누군가는 여전히 "보편성의 숨겨진 편향과 배제"를 비판할 수도 있겠다. 하지만 그가 그렇게 반론을 제기할 때, 그는 "이미 보편성이 개방시킨 영역 내에서 그렇게 하고 있음을 잊어서는 안 된다."[20]

따라서 '정치의 문학'의 편에서 '문학의 정치'를 검토하는 작업은 다만 정치의 문학을 되살리거나 그로 돌아가자는 구호를 외치는 것이 아니다. '문학의 정치'에 대한 논의는 '정치의 문학'을 계승한 것인가, 그것과 단절

19   퀜틴 스키너, 『역사를 읽는 방법』, 황정아·김용수 옮김, 돌베개, 2012, p.163.

20   슬라보예 지젝, 「계급투쟁입니까, 포스트모더니즘입니까? 예, 부탁드립니다!」, 주디스 버틀러 외, 『우연성·헤게모니·보편성』, 박대진·박미선 옮김, 도서출판 b, 2009, p.151.

한 것인가라고 묻는 것보다 '정치의 문학' 이후 무엇이 '문학'과 '정치'에서 더 중요해졌거나 더 사소해졌는지를 따지는 쪽으로 나가야 한다. '정치의 문학' 이후의 문학에서 중요하게 된 것은 저자가 아니라 독자였다. 그것은 작품과 독자가 교감하는 비인격적 신체, 정동, 언어가 저자의 의도보다 더 중요해졌다는 뜻이다. 문학은 문학을 우연한 것으로 간주하는 태도를 최우선시했다. 문학이 정치의 필연으로부터 해방되자 문학은 우연성의 기표가 되었다. 문학을 우연한 것으로 여기는 태도는 문학을 한낱 사소한 것으로 취급하는 겸손함으로 보인다. 그러나 그것은 실제로 문학이 무엇이든 수용하고 무엇에든 감응할 수 있는 전능함의 기표로 간주하는 것이었다. 문학은 스스로를 아이러니로 간주했다. 이 아이러니는 현실(자기와 타자)을 작품을 위한 기회, 계기로 취급하기도 했다. 그즈음에 유행하던 '도래하는 문학' '미래의 책'은 문학의 태도를 미려하게 치장하는 수사에 가까웠다.

그렇다면 '문학'과 '정치'에서는 무엇이 사소해졌는가. '문학의 정치'에서 '정치'는 '정치의 문학'의 '정치'보다는 덜 부담스럽고 더 발랄하며, 문학을 위해서는 아무래도 더 좋은 것이 되었다. 어쩐지 '문학의 정치는 문학이 그 자체로 정치 행위를 수행하는 것을 함축한다'는 랑시에르의 말은 편안하게 들렸다. '문학이 그 자체로 정치 행위'라면 정치에 대한 별도의 부담을 지지 않아도 이미 정치를 수행하고 있다는 안도감을 낳은 것은 아니었을까. 이러한 안도감은 상당수의 '문학의 정치' 논의에서 (나를 포함해) 비평가들이 '치안'을 곧바로 '정치'의 대당(對當)에 위치시키고 '치안'의 실체와 면면이 무엇인지, 그것은 어떻게 작동하는지에 대한 질문과 탐구가 별반 없었다는 사실에서도 엿보인다. 랑시에르의 '치안'은 단순히 문학의 '정치'에 반하는 마니교적인 '악'으로 위치 지어졌다. 그즈음에 치안은 이명박 정권, 폭력 경찰, 관료적이고도 무능한 의회정치, 예외상태 등과 동일시되는 방식으로 다소 균질화되었다. 치안에 대한 균질화는 마치 '모든 소들이 검게 보이는 밤'(헤겔)을 닮게 된다. 그리하여 현실을 불법적인 예외상태로 지속적으로 목소리를 높여 고발하고 탄핵하는 것만이 문학이 할 수 있는 최대치의 윤리와 정치가 되었다. 그러나 그것은 객관적인 대상을 사악한 필연으로 치부하는 것이기도 했다. 물론 문학이 자기 자신을 한낱 무력한 것, 힘없는 것, 덧없는 우연으로 간주했기 때문이다. 문학은 그렇게 악을 고발하는 자신을 탄식하는 '아름다운 영혼'이 되었다. 비록 보잘것없어 보이더라도 그것은 자신 안에 남은 '한 줌의 도덕'의 미광(微光)을 밝히는 일이었다. 그것이 문학의 윤리였지만 문학의 정치로 간주해도 상관없었다. 윤리와 정치는 얼마든지 교환 가능한 용어였기에. 문학의 이러한 흐름은 용산 참사를 전후로 '문학의 정치'의 비평 언저리에서는 한동안의 대세이기도 했다.

6. 진혼(鎭魂)의 제단: 세월호 참사 이후의 문학

'문학의 정치' 비평들이 한창 제출될 무렵은 문학평론이 외국 이론(자크 랑시에르, 슬라보예 지젝, 알랭 바디우, 조르조 아감벤의 철학)에 현저하게 의존하는 때이기도 했다. 따라서 비평이 이론을 수용할 경우에 발생할 수 있는 여러 쟁점이 수면 위에 떠올랐다. 이 분야에서 중요한 작업을 전개한 황정아는 예를 들어 바디우의 '사건' 개념을 '타자에 대한 환대'(레비나스)와 연결 짓는 김형중의 독법을 비판한다.[21] 그리고 이러한 비판은 타자에 대한 환대, 차이의 윤리가 예술의 형상을 부여받는 것에 대한 황정아의 다른 비판과도 연

---

21   황정아, 「'윤리'에 묻혀버린 질문들」, 『개념비평의 인문학』, 창비, 2015, p.59.

결된다. 실제로 황정아는 랑시에르의 논의를 빌려 정치가 윤리로 환원되거나 미학이 윤리로 전환될 때 발생하는 예술의 두 가지 모습, 치유와 화해를 도모하는 '합의의 예술'과 재앙(악)에 대한 '증언의 예술'(리오타르)을 비판하고 있다.[22] 그런데 한편으로 그것은 진은영이 랑시에르의 논의를 빌려 "타자의 윤리가 전제하는 절대적 타자의 형상"에 대해 비판하는 것과도 닮아 있다. 진은영은 말한다. "절대적 타자의 형상은 가족 이미지의 배타성을 계속 보존하고, 가족/타자라는 이분법적 분할의 고정성을 유지할 때만 가능한 것이다."[23] 환대의 윤리는 초대하는 자(식탁, 가족)/초대받는 자(이방인)의 분할을 재생산하며, 공동체의 논리로 흡수되면서 그 고유한 타자성이 해소될 위험성이 크다. 그런데 김형중의 바디우 읽기에 대한 황정아의 이의 제기는 이론적으로는 얼마간 타당해 보이더라도,[24] 그것은 김형중의 실제 비평의 입장을 별로 고려하지 않은 것이기도 하다.

내가 읽은 한 김형중의 비평은 처음부터 5·18 광주에 대한 문학적 재현과 애도의 윤리학을 일관되게 변주하고 전개해왔다. 그것은 어떤 의미에서는 '절대적 타자', 희생자=죽은 자에 대한 기나긴 애도 작업이었으며, 희생자의 원혼을 달래는 인륜성의 탐구였다. 두 가지 흥미로운 일이 생겼다. 먼저, 진은영·황정아의 비판을 거슬러 '문학의 정치' 이후의 비평은 김형중의 논의 쪽으로 나아갔다. 그리고 진은영, 황정아가 비판한 절대적 타자의 형상에 대한 미학적 재현, 윤리화의 문제가 실제 비평에서는 다시금 문제적

<hr>

22 황정아, 「자끄 랑시에르와 '문학의 정치'」, 같은 책, pp.278-282.

23 진은영, 「소통, 그 불가능성의 가능성」, 같은 책, p.293.

24 하지만 바디우가 이민자의 권리를 옹호하는 "여기 살면, 여기 사람"(one est ici, one est d'ici) 활동을 수행했다는 사실을 염두에 두면 '사건으로서의 이방인'이라는 김형중의 바디우 읽기가 꼭 자의와 무리만은 아니겠다.

인 것으로 떠올랐다. 랑시에르가 비판한 리오타르와 아감벤이 랑시에르보다 중요해졌다. 문학은 재난을 증언하거나 참척(慘慽)의 고통을 앓는 이들을 치유하고자 했다. 희생자들 그리고 그들을 구하려고 하지 않은 국가와 결별한 유가족(國/家), 마땅히 환대해야 할 이방인은 국가로부터 내쳐진 그들이었다. 내가 염두에 두는 것은 물론 세월호 참사에 대한 문학의 대응이다. '문학의 정치' 논의에서 보였던 축제의 해방감은 세월호 참사에 대한 문학의 대응에서는 애도(형식)와 우울(내용)로 전치되었다.

> 문학은 항상적으로 중음의 상태를 살아야 한다. 왜냐하면 마지막 애도, 결코 종결될 수 없고 종결되어서도 안 되는, 절대적인 애도 하나가 남아 있기 때문이다. 그것은 바로 죽은 자들, 우리에게 트라우마를 가져다주었으나 정작 자신들은 외상 후 스트레스 장애조차 겪을 수 없었던 이들 몫의 애도다.[25]

어쩌면 김형중의 '절대적 타자에 대한 환대(타자에 대한 절대적 환대)'는 결코 살아 있는 자에게 베풀 수는 없는 불가능한 윤리였는지도 모르겠다. 만일 '절대적'이라는 말을 쓸 수 있다면 그것은 오로지 죽은 자, 죽었으나 원혼의 중음신으로 허공을 떠도는 이에 한에서일지도 모른다. 그리고 그 점에서는 진은영 또한 예외는 아니었다. 진은영이 참사의 희생자를 수동적인 동정과 연민의 대상으로 간주하는 것에 민감하게 거리를 두면서도 곡비(哭婢)가 되어 참사 희생자의 목소리로 낭송한 (그리고 SNS로 빠르게 전파된) 놀라운 시(「그날 이후」, 2014)는 김형중이 말한 '절대적 타자에 대한 환대'의 극적

---

25   김형중, 「우리가 감당할 수 있을까?: 트라우마와 문학」, 『후르비네크의 혀』, 문학과지성사, 2016, p.82.

인 예라고 할 수 있지 않을까. 문학과 관련되어 세월호 참사는 "기의와 기표의 약속이 무참히 깨지는"[26] 언어의 비명이었으며, "'재현 불가능한 것들의 재현의 역사'에 편입되어야 할 사건"[27]이었다. 언어는 발화와 의미화 불가능성과 마주치는 경악이었으며, 시의 수사는 망자를 부르는 돈호법이었다. 소설과 산문은 참사를 목격하고 증언하는 불가능성과 좌절의 목격자이자 증언자였으며, 비평은 이러한 시와 산문을 침통한 마음으로 들여다보는 '통감의 해석학'(김홍중)이 되었다. 슬픔과 죄책의 표출과는 다른 방식으로 언어와 문학을 고민하는 일이 도무지 쉽지 않았던 것도 그즈음의 솔직한 심정이었다.

증언의 문학은 작가와 독자, 작품이 동참하여 공포와 무력과 고통의 목격자이자 증언자가 되고자 했던 진혼의 제의였다. 이러한 진혼의 무대에서는 공포와 무력과 고통 등의 정동과 동일시되는 삶의 경험이 압도적인 것이 된다. 그러나 매개 없는 직접성에의 호소, 항시적인 예외상태를 살아간다는 파국의 감각, 전율과 공포와 슬픔의 경험을 일방적이고도 압도적으로 언어화하는 것만이 문학의 유일한 방편이었을까. 서동진은 "세월호 참사를 한국 사회에서 감정의 세계로서 세계를 체험하고 재현하는 담론적 전환의 임계점"[28]으로 간주했는데, 이러한 감정(정동)이 압도적인 "재난 이후의 문학"은 "경험의 직접성에 넋을 잃은 채 경험이 얼마나 매개되어 주어지는지를 잊는"다고 비판한다.[29] '후르비네크의 혀'(김형중)와 '트라우마적 리얼리

---

26   김애란, 「기우는 봄, 우리가 본 것」, 『눈먼 자들의 국가』, 문학동네, 2014, p.14.

27   김형중, 「문학과 증언: 세월호 이후의 한국 문학」, 같은 책, p.109.

28   서동진, 「마음의 관상학에서 벗어나기: 감정과 체험의 유물론 1」 『말과활』2016년 가을 혁신호, p.263.

29   서동진, 「서정시와 사회, 어게인!」, 『문학동네』, 2107년 여름호, p.293.

즘'(서동진)의 대치. 다소 매정하게 들리는 서동진의 '바깥의 시선'은 문학 쪽에서 반증 가능한 사례를 즉시 들이밀어 비판하는 것으로 무마하기에는 호소력 있는 부분이 적지 않다.

7. "피스톨로 쏜 것처럼"

서동진의 비판에는 언어와 타자, 세계를 위협적인 상해(傷害)로 감각하며 주체를 상처의 돌기 주위로 회전하는 피해자의 형상으로 인지하는 방식이 우리의 세계 경험의 주된 흐름으로 자리 잡았다는 현실 인식이 작동하고 있다. 그의 의도는 언어가 감정, 효과, 감응이자 그 자체로 세계 체험의 전부라는 지배적인 인식이 타당한지를 문제 삼자는 것이다. 나는 작품의 의도와 효과에 대한 논의로 되돌아가 서동진이 비판했던 내용을 최근 한국 문학의 주요한 한 경향과 관련지어보겠다.

내가 작품을 읽을 때 나는 작품의 의도와 작품의 효과를 함께 읽는다. 해석은 작품의 의도를 복원하는 일이지만, 해석은 당연히 작품의 효과를 음미하는 일까지 그 안에 포함시킨다. 내가 작품을 읽으면서 느꼈던 쾌와 불쾌는 작품의 의도를 묻는 일과 뒤섞여 있다. 어떤 작품에서 불쾌한 장면을 반복적으로 읽을 때 나는 작품을 읽는 것을 그만두거나 다 읽고 나서 작품(작가)을 비난할 수 있다. 그리고 불쾌한 장면이 작품의 의도와 관련되어 제시될 수도 있다. 그리하여 나는 작품 읽기를 그만둘 수도 있지만 반대로 작품 읽기를 계속할 수도 있다. 독자가 작품의 폭력적인 장면을 읽을 때 그는 보통 폭력을 읽는 것이 아니라 폭력의 재현을 읽는 것이다. 그런데 독자의 반응이 작가의 의도보다 중요한 것으로 간주될 때, 독자가 작품을 읽으면서 작품을 창조하는, 저마다 자신이 쓴 작품을 읽는 작가가 될 때, 의도는 중요하지 않게 취급된다. 따라서 독자가 (불)쾌한 장면에 대한 반응으로 작품을 읽을 때, 작품을 자신의 경험으로 간주할 때, 작품을 모방, 감염의 효과로 이해하는 일이 우세하게 될 때, 그리고 비평이 작품의 의도를 묻기보다 작품을 정동의 생산으로 간주하게 될 때, 어떠한 일이 일어나는가.

요컨대 폭력의 재현은 재현의 폭력이 된다. 읽기가 그러하다면 글쓰기는 어떻게 될까. 작품은 폭력의 재현(의도)이 아니라 폭력의 경험(효과)을 창출하는 작업이 된다. 앞서 세월호 이후의 문학의 주요 화두였던 '재현 불가능한 것의 재현'은 글쓰기와 글 읽기를 하나의 목표로 묶어버린다. 그것은 작가와 독자 모두가 폭력의 경험을 최대한 되살리는 일에 몰두하기를 합의하는 것이다. 폭력의 재현(represent)은 폭력의 체현(embodiment)이 된다. 작품을 폭력의 체현으로 읽고 쓰는 것은 언어를 정동으로 느끼고 신체로 경험하는 것을 그리고 그렇게 읽고 쓰는 것을 중요하게 만들었다. 문학의 사례를 몇 가지 더 들어보겠다.

시에서는 진은영, 이영광 등의 시인들이 세월호 참사 희생자의 목소리를 빌리거나 희생자로 빙의하여 희생자들을 애도하는 진혼곡을 내놓았다. 소설에서도 언어를 정동과 신체로 간주하는 의미론이 등장했다. 정용준의 장편소설 『바벨』에서 '펠릿'은 말을 잃어버린 미래의 인류가 말 대신에 토해내는 일종의 형광물질이다. 그것은 "말하는 사람의 감정과 기분에 따라 색깔과 질감"이 달라지는 말이며, "육체의 언어이고 표정의 언어"이다.[30] 김솔의 장편소설 『너도밤나무 바이러스』(문학과지성사, 2017)는 책을 디지털 정보로 환원하는 일을 바이러스의 감염으로 인식한다. 비평에서도 이런 문장

---

30   정용준, 『바벨』, 문학과지성사, 2014, p.52. p.119.

은 종종 만날 수 있게 되었다. "쓰는 이는 기쁨, 슬픔, 안타까움, 분노 등등을 쓰기도 하지만, 실은 기쁨, 슬픔, 안타까움, 분노 등'이' 쓰는 것이기도 하다."[31] 내가 쓰는 것이 아니라 귀신이 쓴다고 해도 무방하겠고, 그들이 느끼는 바를 느끼는 것은 그들과 전적으로 일체화된다는 뜻이겠다. 그럼 문학평론가는 앞으로 소설 속의 누가 아프다고 하면 함께 아프다고 부르르 떠는 사람(감성자, empath)이라는 것인가.[32] 언어에 대한 이러한 의미론적 변화는 각론으로 더 탐구해볼 만한 중요한 현상이겠다. 그런데 감정에의 현저한 언어적 몰입이 인간과 세계를 파악하는 불가항력의 최종심급이 된 것은 아닌가. 감정은 세계 해석의 방법이 아니라 세계가 되었다. 혐오발화도, 혐오발화에 대항하는 방식에서도 언어는 정동이고 세계이다. 그것은 도덕을 감정과 직류로 연결하는 생각을 선호한다.

언어=정동=세계에서 출발하는 도덕론을 살펴보자. 그것은 타자의 고통에 대한 주체의 반응을 즉각적으로 도덕의 유무와 관련짓는다. 이러한 세계는 도덕을 타자의 고통을 느끼고 반응하는 감정의 강도(强度)로 측정한다('공감 능력'이라는 유행어를 보라). 하지만 도덕은 타자의 고통을 잘 느끼는 것만큼이나 거리를 두고 판단하는 능력에서도 나온다. 감정이 도덕의 지진계가 아닌 것처럼, 도덕은 감정의 표출 여부에 대한 측정기가 아니다. 테리 이글

◇◇◇◇◇◇◇◇◇◇◇◇◇

31　김미정, 「'나-우리'라는 주어와 만들어갈 공통성들」, 『문학3』 2017년 1호, p.15. 김미정의 문장과, 글쓰기를 신의 운동으로, 즉 문학을 우연적인 것, 기회원인적인 것으로 간주했던 독일 낭만파의 인식에는 흥미로운 공통점이 있다. "인간이 펜을 움직일 때, 결코 인간이 펜을 움직이는 것이 아니고, 펜의 움직임은 신이 펜 속에 생기게 한 우연이다." 카를 슈미트, 「정치적 낭만」, 카를 슈미트 외, 『정치적 낭만·공동사회와 이익사회』, 배성동 옮김, 삼성출판사, 1990, p.120.

32　감성자와 문학비평가의 차이에 대해서는 월터 벤 마이클스, 『기표의 형태』, p.143. 각주 75.

턴이 꼬집은 것처럼, 타자의 감정을 공유하는 태도 그 자체는 도덕과 별 관련이 없다. 도덕을 감정의 공유와 강도로만 이해하는 사람들은 실제로는 "극도로 민감하면서도 무지막지한 이기주의자들"[33]인 경우가 적지 않다. 언어가 감정이 되고 감정이 도덕이 되는 세계에서 우리는 서로에 대해 너무도 친밀하거나 지나치게 적대적일 뿐이다.

이 모든 이야기는 아도르노의 표현을 빌리면 궁극적으로는 매개 없는 주관성, 즉 자신이 객체임을 인식하지 않으려는 주관성의 극대화로 설명될 수 있지 않을까. 그는 헤겔을 빌려 "'피스톨로 쏜 것처럼' 갑자기, 직접, 절대적인 것을 파악할 수 있다고 믿는 사유"[34]를 비판한 적이 있다. 아도르노는 그것을 개인의 주관성이 증대되는 만큼이나 세계의 사물화가 가파르게 진행되는 매개의 과정으로 파악했다. 이것을 다시 금융자본주의 현실의 한 증상으로 이해하는 것도 나쁘지 않을 것이다. 칼 마르크스가 『자본』2권에서 일찌감치 말한 것처럼, 노동력 상품을 판매하는 과정이 생략된 G—G'(자본—자본')의 금융투기 자본주의에서는 매개 과정을 생략한 인식과 언어의 양상이 현저해진다. 그것은 매개 없이도 절대적인 것을 거머쥘 수 있다는 환상을 증가시킨다.[35] 한편으로 도무지 어찌해볼 수 없는 이러한 세계에서는 서동진이 '시종(侍從)의 도덕'(헤겔)이라고 부른 것, 주인에게 불평불만을 제기하는 것에 만족하는 노예의 인정투쟁이 압도적이게 된다.[36] 갈수록 '정치적으로 올바른' 우리는 저임금 노동자 등이 받는 굴욕과 수치, 혐오 발화

---

33   테리 이글턴, 『낯선 사람들과의 불화』, 김준환 옮김, 길, 2018, p.128.

34   테오도르 W. 아도르노, 『변증법 입문』, 홍승용 옮김, 세창출판사, 2015, p.79.

35   가라타니 고진, 『트랜스크리틱』, 이신철 옮김, 도서출판 b, 2013, p.236.

36   서동진, 「'을질'하는 자들의 이데올로기적인 미망: 문화비평의 윤리를 생각하며」, 『말과 활』9호, 2015년 8-9월호.

I34   2019년 제20회 젊은평론가상 수상작품집

에 민감해한다. 그리고 주인이 노예와 한낱 다를 바 없는 한 인간임에 주목해 주인의 위신을 깎아내리는 것에 최선을 다한다. 그만큼 불평등이나 실업에 대한 관심은 덜 갖게 된다. 서동진의 비판은 사회적 모욕과 상처에 대항하는 최근의 '정체성 정치'와 관련되어서도 중요한 시사점을 제공해주는데, 특별히 문학과 관련하여 한 편의 글을 집중적으로 읽어보고자 한다.

8. '매 맞는 아이'의 극장

'문학의 정치' 논의가 제기되기 한 해 전에 평론가 황종연은 박민규, 이기호, 백가흠의 소설에서 한국 사회의 점증하는 불평등을 읽어내고 '사회적인 것'(천부인권, 상호 존중과 호혜의 이상이 경제, 공론장, 인민주권의 제도화를 통해 구현되는 과정에서 상상되는 어떤 것)의 대대적인 실종이 지각되고 상상되는 방식을 이야기한 적이 있다. 황종연은 세 작가의 소설에서 "공통적으로 나타나는 굴욕적이고 압제적인 사회경험의 한 상징이 그들의 작중인물이 맞고 있는 매"[37]라는 사실을 추출한다. 그리고 이 소설들의 주된 남성 주인공들의 '매 맞는 환상'에 대한 프로이트의 분석을 정체성 정치의 역학에 응용하여 그 정치의 역설과 관련짓는다. 황종연의 분석은 이 글이 발표된 10여 년이 지난 지금, 더욱 유효하게도 사회적인 것의 한 단면을 분석하는 중요한 기틀을 제공한다고 할 수 있다. '매 맞는 환상'은 자아가 자신을 박탈한 사회를 향한 비난과 복수에 대한 열망을 그 사회로부터 정당하게 인정받고 싶

---

[37] 황종연, 「매 맞는 아이들의 정치적 상상력: 2000년대 소설의 한 단면」, 『탕아를 위한 비평』, 문학동네, 2012, p.191. 앞으로 이 책을 인용할 경우 본문에 쪽수만 표시한다.

다는 욕망 및 소원과 함께 반복적으로 상연할 때 생겨나는 모순을 기반으로 한다. 다시 말해 정체성 정치의 모순과 역설은 정체성 정치의 당사자가 자신을 "처벌하고 상해하는 사회를 규탄하는 이면에서" 자신에 대한 "처벌과 상해에 대한 욕망을 생산하고 있"다는 사실이다(p.194).

　　매 맞는 아이의 장면과 벌 받는 정체성의 장면 사이에는 일정 정도 유사성이 있다. 첫째 단계에서 때리기의 주체와 대상이 불분명한 장면에는 굶어 죽는 아이, 강간당하는 여자 같은 식의, 처벌이나 상해를 가하는 구조의 인격화를 통한 그 구조로부터의 퇴각이 대응되고, 환상을 일으킨 아이가 아버지에게 맞고 있는 둘째 단계에는 인종, 젠더, 성에 관한 사회적인 유별 표시 때문에 자유와 평등의 이상으로부터 소외를 당한 정체성들의 그 이상에 대한 피학증적 애착이 대응되고 셋째 단계에는 그 애착이 거의 위장된, 처벌과 상해에 책임이 있다고 믿어지는 각종 이데올로기에 대한 비판이 대응된다.(같은 쪽)

황종연이 참조하는 미국의 정치사상가 웬디 브라운에 따르면 매 맞는 아이의 환상에서 가장 중요한 장면은 주체가 자신을 상해하는 사회(아버지)에 대한 가학과 그 사회로부터 처벌받고자 하는 피학을 꿈-작업과 같은 무의식적인 공정(工程)으로 무대에 올리는 두번째 단계이다. 왜냐하면 이 무의식적인 행위에서 주체의 계략이 드러나기 때문이다. 그것은 처음에는 자신이 사회로부터 받은 상처를 상연함으로써 자신에게 상처를 가한 사회를 비난하는 것으로 보인다. 그러나 사회로부터 받은 상처를 분노로 전치해 사회를 비난하는 행위로부터 주체가 만족을 얻을 수 있다면, 그 사회는 또한 항상 비난받아 마땅한 처벌의 형상 그대로 주체에게 언제까지나 남아 있어야 한다. 웬디 브라운이 중요하게 인용하는 프로이트의 문장은 사회적 상처로부터 만족을 얻는 주체의 모순을 정확히 가리키고 있다. "따라서 그런 환상을 품고 있는 사람들은 그들이 아버지의 부류에 포함시킬 수 있는 사람들 모두에 대해 특히 민감하고 참을성 없는 반응을 보이게 된다. 그런 부류의 사람들에게 쉽사리 마음이 상하고, 그런 식으로 (그들 자신이 슬퍼지고 손해를 입도록) 아버지에게 매를 맞는 상상 속의 상황을 현실화시키는 것이다. 그러므로 나는 어느 날엔가 그 환상이 바로 편집증의 망상적 소송광(訴訟狂)의 기초라는 것이 밝혀지게 된다 하더라도 놀라지 않을 것이다."[38] 요컨대 매 맞는 아이는 도처에서 자신에게 상처를 입히는 사회(타자)의 형상을 발견하는 데 몰두하면서 이렇게 말하길 좋아하는 아이이다. '내가 존재하기 위해서는 너는 나에게 해를 끼치는 바로 그 형상으로 언제까지나 똑같이 남아 있어야 해.'

따라서 조남주의 『82년생 김지영』(민음사, 2016), 강화길의 『다른 사람』(한겨레출판, 2017)과 같은 최근의 페미니즘 소설은 어쩌면 프로이트의 '매 맞는 아이'의 정체성 정치의 여성주의적 버전을 무대에 올렸다고 말할 수도 있을 것이다(두 소설은 말과 시선이 그 자체로 상처로 지각되고 경험되는 것을 강조한다). 나는 여기서 다만 짧은 가정을 내세우는 것으로 본격적인 분석을 대신할 수밖에 없다.[39] '매 맞는 아이'의 환상의 3단계는 소설에서는 각각 배경, 플롯, 서술로 구체화된다고 할 수 있다. 첫 번째와 세 번째의 의식적 환상부터 설명해보겠다. 첫 번째 단계에서는 어떤 아이가 아버지에게 맞고 있는 전형

---

38   지그문트 프로이트, 「매 맞는 아이」, 『억압, 증후 그리고 불안』, 황보석 옮김, 열린책들, 1997, p.165.

39   이 글에서는 이러한 가정을 뒷받침할 만한 비평을 대신 제시하고자 한다. 『82년생 김지영』의 동화적 수난 서사에 대해서는 김영찬, 「비평은 없다」, 『쓺』, 2017년 하반기 참조. 『다른 사람』의 서사에 내재된 "폐쇄적인 정체성 정치"에 대해서는 심진경, 「새로운 페미니즘서사의 정치학을 위하여」, 『창작과비평』, 2017년 겨울호, p.55 참조.

적인 이미지나 장면이 상연된다. 그것은 소설에서 특정한 정체성이 사회로부터 처벌받는 것에 관한 여론을 이야기 진행을 위한 배경으로 제시하는 것에 대응된다. 예를 들면 '남자로부터 폭력을 당한 여자' 등에 대한 사회적 여론의 이미지(『다른 사람』)에서 여성의 사회적 차별에 대한 통계자료(『82년생 김지영』)의 제시가 배경으로 환기되는 것이다. 세 번째 단계의 환상에서 매를 맞고 있는 아이들은, 프로이트도 말한 것처럼, 공교롭게도 모두 남자 아이들이다. 이러한 대상 선택은 앞의 소설들이 서술하는 것처럼 정체성에 대한 사회적 처벌에 상응하는 원망과 복수의 대상이 그 사회의 주요 행위자들 가운데 명시적으로 선별되어 비판되는 과정에 대응된다(소설이 진행됨에 따라 남자들 가운데 일부는 그가 여자에게 특별히 가해하지 않았더라도 가해를 한 다른 남자들과 함께 가부장제를 지탱하는 상징적 작인으로 취급된다). 그리고 가장 중요한 두 번째 단계에서 매 맞는 아이의 무의식적 환상은 앞의 소설들의 배경과 서술의 의도, 형식과 내용 등이 한데로 수렴되는 플롯의 짜임을 분석함으로써 밝혀질 수 있을 것이다. 예를 들면 세 번째 환상에 대응하는 서술의 결말에서 가해자에 대한 비난과 복수의 상상적 실현은 물론 사회적으로 상징적인 모순에 대한 피해자의 격렬한 반응이겠다. 하지만 '관계의 부정'은, 두 번째 단계의 피학증이 알려준 것처럼, 정체성이 자신이 비난하는 타자에 의해 상징적으로 매개되어 있음을, '부정의 관계'를 좀처럼 인정하려 들지 않는다. '부정의 관계'는 정체성 정치(서사)가 스스로 닫아버리거나 밖을 향해 열거나 할 때의 내기이다.

만일 닫아버릴 경우, 정체성 정치(서사)는 자신을 가해한 사회를 '소송광'처럼 줄기차게 비난하지만 실제로는 자신의 이상에 따라 사회를 바꾸려는 실천 대신 도덕주의적moralistic 해결에 몰두한다. 브라운은 역사 이후의 정치에 내재한 도덕주의적 성향(윤리적 지혜인 도덕moral을 모색하는 대신에 도덕률에 집착하는)이 현저해지는 경향을 분석한 바 있다. 예를 들면 프로이트의 매 맞는 아이 가운데에서도 어떤 부류의 소송광은 위험하다고 간주되는 언어와 행동을 자신과 타인에게도 금지하는 정치적 올바름에 몰두한다. 이것은 사회를 바꾸려는 '행동'이 아니다. 그것은 자신의 사회적 실존이 늘 위협받고 있다는 피포위의 심리siege mentality에 의존하는 '반동reaction'이며, '시종의 도덕'이다.[40] 이렇게 볼 수 있다면 언어가 차별이나 배제를 낳기에 금지해야 한다는 정치적 올바름의 강박적인 경직(硬直)이 정동의 언어가 수행하는 히스테리적인 활기와 결코 무관하지 않음도 이해된다. 그것은 모두 언어를 정동=세계로 간주하는 담론의 지배적인 경향이 낳은 쌍생아이다. 이것이 지금까지 읽은 한국문학의 한 단면에서 추론한 사회의 모습이다. 그것은 상처의 사회, 나아가 브라운의 말을 빌리면 '상처의 국가'states of injury이다.

나는 한국문학에서 새롭게 융성하는 문학적인 감수성이나 비평 담론에 대해 너무 이르거나 단정적인 판단을 내린다고 생각하지는 않는다. 또한 정치적 올바름이 강화되는 추세를 비판한 것[41]은 열린 논쟁을 하자는 것이었다. 그러나 '누가 인간인가'라는 보편적인 물음이 이내 '정치적 올바름을

〰〰〰〰〰〰〰〰〰

40   정치적 올바름과 같은 "도덕주의적 담론이 언제나 '실천'에 대한 일정한 불안감을 품고 있는 것이라면, 그것은 또한 행동=작용에 대한 이상한 대체물로서 작동한다. 그것은 니체가 행동처럼 행세하는 '반동'이라고 불렀던 것이다. 도덕화하기는 일정한 것들, 말이나 행동들을 금지하는 것을 목표로 하거나 아니면 아주 협소한 말과 행동의 집합을 강제하는 것을 목표로 한다. 후자 또한 물론 금지의 한 형태이겠다. 그것의 기능은 개방하기보다는 제한하는 것이며, 고무하기보다는 훈육하는 것이다. 이것은 다시금 도덕주의의 반지성주의적 힘을 소환하며, 지성적 삶의 내재적 풍요로움과 그것이 근본적으로 민주주의적인 실천을 위해 갖는 특수한 가치에 반하는 등 돌리기를 소환한다." Wendy Brown, *Politics Out of History*, Princeton: Princeton University Press, 2001, pp.40-41.

41   복도훈, 「신을 보는 자들은 늘 목마르다」, 〈문장웹진〉, 2017년 5월호.

말하는 이는 누구인가', 요컨대 '그는 누구인가'라는 당사자성, 정체성의 심문으로 환원되는 것은 아무래도 이상하다. 나는 내 글들에 제기된 일련의 비판에 일일이 응수하지는 않겠다. 다만 나는 글머리로 되돌아가 가라타니가 인용한 것으로, 상처의 언어와 감정, 도덕주의로만 세계를 감수하고 이해하려는 현저한 경향에 맞서서 프로이트가 제시한 유머의 가치를 잠시 환기하고 싶다.

9. 유머로서의 비평

가라타니 고진은 공산주의 국가들이 붕괴되고 이데올로기의 종언이 떠들썩한 냉소로 전 세계에 고지되던 즈음에 「유머로서의 유물론」[42]을 썼다. 이 글의 내용은 가라타니가 여기저기서 나쓰메 소세키 소설의 세계 지향적 태도를 언급할 때도 등장한다. 요절한 친구였던 마사오카 시키에게 사생문(寫生文)을 배웠던 소세키는 「사생문」에서 어떤 '정신 태도'를 강조한다. 그 중 하나는 어른이 아이를 대하는 것 같은 태도이다. 가라타니는 시키가 죽기 전에 쓴 사생문인 「사후(死後)」를 든다. 자신이 죽으면 시체가 어떻게 처리될지에 대해 온갖 상상(매장은 숨 막히고, 화장은 뜨겁고, 수장은 물을 먹을 것 같아 곤란하고, 미라가 되는 것도 곤란하다는 둥)을 하는 데서 발생하는 이 글의 골계와 해학은 결코 피할 수 없는 죽음을 대하는 정신의 서늘한 태도에서 비롯된다. 듣기에 절망적인 이야기이지만 이상하게도 웃게 된다. 그것은 가라타니

---

42 가라타니 고진, 「유머로서의 유물론」, 『유머로서의 유물론』, 이경훈 옮김, 문화과학사, 2002.

가 소세키를 따라 강조하는 사생문의 세계 지향적 태도와 동일하다. 실제로 「사생문」은 "자신은 울지 않으면서 울고 있는 다른 사람을 서술하는" 작가의 언뜻 몰인정해 보이는 태도를 "울지 않아야 할 사건을 쓰면서도" 우는 다른 작가들의 태도와 구별 짓는다.[43] 마치 어른이 아이를 대하는 것 같은 사생문의 정신 태도는 프로이트가 「유머」에서 말한 것처럼 어른이 상처받은 아이를 보며 미소 짓는 유머의 의도와 같다.

프로이트의 설명을 따라가 보겠다. 한마디로 유머는 초자아가 자아를 대하는 태도이다. 보통 초자아는 자아에게 도덕적인 짐으로 간주될 때가 많다. 하지만 프로이트는 초자아의 다른 기능, 자아를 위무하는 기능에 대해서도 주목한다. 유머는 "자신을 어른의 위치에 놓음으로써 자신을 아버지와 동일시하고 다른 사람들은 아이처럼 취급을 하면서 우월성을 획득하는 것이다."[44] 그러나 자칫 오해하기 쉬운 '우월성'이란 자신이 다른 이들을 내려다보는 오만한 메타 초월적인 위치에 서있음을 뜻하지 않는다. 그것은 자신을 희극적으로 이중화하는 것이다. 유머는 그것을 듣는 "관객"을 필요로 한다(관객이나 청자는 다른 사람이겠지만 화자의 다른 모습이기도 하다). 두 가지 뜻이겠다. 수직인 것 같지만 수평의 무대이며, 화자의 의도가 중요하다는 것. 나의 의도는 지금까지 은유화한 축제의 무대(문학의 정치), 진혼의 제단(치유와 증언의 문학), 매 맞는 아이의 극장(정체성의 문학)과는 조금 다른 극장을 제안하는 것이다.

계속 해보면, 청자는 화자가 농담을 하기 전에 어떤 "심적 충격을 드러

43　나츠메 소세키, 「사생문」, 『나츠메 소세키 문학예술론』, 황지현 옮김, 소명출판, 2004, pp.62-63.

44　지그문트 프로이트, 「유머」, 『창조적인 작가와 몽상』, 정장진 옮김, 열린책들, 1996. 별도의 인용표시는 생략하겠다.

내는 징후들을 보일 것"이라고 생각한다. 화자는 화를 낼 수도, 하소연을 할 수도, 괴로움을 드러낼 수도, 두려워할 수도, 대경실색 할 수도, 절망할 수도 있을 것이다. 청자는 화자의 표정과 언행에서 감지되는 감정을 예상하지만, 예상과 달리 화자가 "정서적 표현"을 하는 대신에 농담을 하게 되자 청자는 뜻밖의 즐거움을 얻게 된다. 정서적 지출(소비)을 할 필요가 없어진 것인데, 프로이트는 이를 "감정지출의 경제학"으로 불렀다. 유머의 효력은 이뿐만이 아니다. 유머의 청자는 유머의 화자를 모방하기도 하는데, 이러한 미메시스의 작용이 고통의 즉각적인 표현이나 그를 통한 공감대 형성보다 덜 가치 있는 것은 결코 아니다. 유머가 "막막한 현실 상황에도 불구하고 끝내 굽히지 않으려고 하는 쾌락원칙"이라면, 그것은 상처를 중심으로 자아와 세계를 조직하지 않겠다는 '성숙'의 표현이다. 결국 유머에서 중요한 것은 농담이 아니다. 그것은 '의도', "유머가 드러내는 의도, 즉 이 드러남을 통해 유머를 보인 당사자와 주위의 사람들에게 미치는 의도"이다. 초자아(어른)는 자아(아이)에게 말한다. '봐라, 이게 그렇게 위험해 보이는 세계란다. 그러나 애들 장난이야. 기껏해야 농담거리 밖에는 안 되는 애들 장난!'

가라타니 자신은 공산주의의 소멸에 상처 받고 상실의 시대를 살아간다는 이들에게 농담을 건넸을 것이다. 이념은 원래 실현되지 않는 거야. 따라서 사멸하는 일도 없겠지.(탈이데올로기의 시대를 희희낙락하며 살아가는 이들에게도 농담을 건넸을 것이다. 자본주의의 이념이 실현되었습니까. 기쁜 소식이로군. 언젠가는 사멸하겠네.) 그러나 그것은 무엇보다도 자신에게 건네는 위로였다. 결론적으로 가라타니의 '근대문학의 종언'론은 종언 이후의 문학의 태도(오락)가 있었다면 정치의 태도(보편성)도 있었으며, 그로부터 배워야 할 것(건너뛴 것에 대한 청구서)이 여전히 남아 있음을 우리에게 상기시켰다. 비평이 내가 세상에게 받은 상처로 세상을 비난하고 나를 비난하는 일을 즐기는 열망으로부터 지금보다 조금 더 거리를 두려는 노력이었으면 좋겠다. 그리고 그러한 노력의 견본들을 발굴하는 일이었으면 더 좋겠다. 발굴할 것이 더는 남아 있지 않다고 누군가는 떠나가더라도, 발명할 것은 여전히 남아있기에.

당신, 사소한 것들의 신

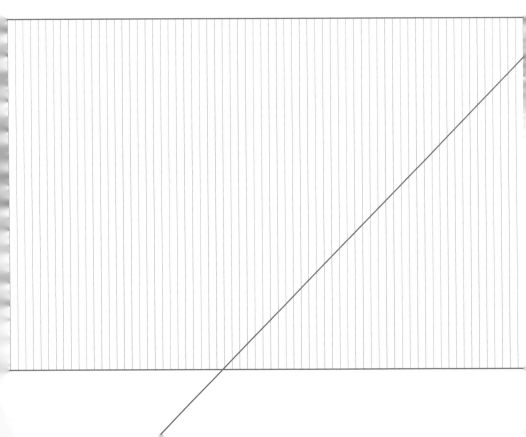

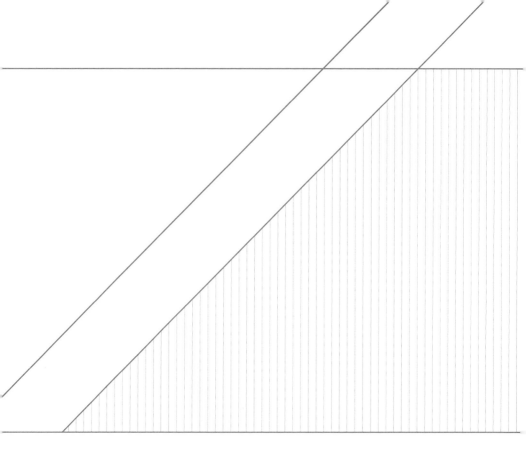

오연경

고려대학교 국어교육과 및 서울대학교 미학과 석사 졸업.
고려대학교 국어국문학과에서 박사 학위를 받음.
2009년 〈동아일보〉 신춘문예로 등단.
현재 고려대학교 교양교육원 교수.
korin2@korea.ac.kr

당신, 사소한 것들의 신

아무 일도 일어나지 않았고 아무도 나타나지 않았고 아무 소리도 들리지 않았는데 문득 어떤 기척이 느껴질 때가 있다. 그것은 보이지 않게 드러났다가 아무렇지도 않게 사라진다. 우연도 작위도 아니고 그저 지난날의 우주처럼 반복되는, 그러나 돌이킬 수도 없고 어찌해볼 도리도 없이 아득해지는 이런 순간들에 붙들린 자가 있다면 그는 무언가를 기다리는 중이다. 그가 기다리는 것은 이미 있었던 것 혹은 당연히 있는 것으로 규정된 무엇이 아니라 거기 있었을지도 모르는 알 수 없는 것, 어쩌면 다음 순간 생겨날지도 모르는 희미하고 불확실한 기적들이다. 알 수 없는 것, 희미한 것, 없는 것들의 기척이거나 사라진 것들의 얼룩 같은 것, 그림자나 흔적 같은 것은 눈으로 확인할 수 있는 것이 아니다. 오히려 눈은 그런 것들이 존재하지 않는다고 말해줄 뿐이다. 저 이상하고 지루한 기다림을 지속하려는 자에게, 보이는 것은 신뢰할 만한 것이 아니다. 그가 기다리는 것은 가시적으로 포착할 수 있는 대상이 아니다. 그것은 지금과 바로 다음 순간, 있음과 없음, 드러남과 사라짐 사이에 깃들이 있는 겹겹의 시간을 더듬어 붙들어 보는 것, 그러다 붙잡았다고 생각하는 순간 무언가가 빠져나갈 때 짙고 아득하게 남는 자국 같은 것이기 때문이다.

유희경의 시는 아무렇지도 않게 놓여 있는 저 심상하고 사소한 풍경과 사물들의 시간을 잘게 쪼개고 나누어, 거기 비좁게 모여 있는 놀라운 당신들을 만나려 한다. 그토록 아무런 일도 벌어지지 않는 일상 속에서, 그토록 지나가고 무너지고 가라앉는 반복 속에서, 그토록 집중된 기다림 속에서, 그토록 쓸쓸하고 부끄러운 대화 속에서, 그토록 모든 것을 담고서 아무것도 담고 있지 않은 삶 속에서, 그토록 슬퍼지게 만드는 어둡고 흐릿한 사물 앞에서 우리가 잠시 마주하게 되는 어둠을 유희경은 '당신'이라고 부른다. 가장 범상한 풍경에서 출현하는 비범한 존재, 아주 작고 사소한 것에 담겨 있는 커다란 것, 느리면서 느닷없는 것, 어둠 속에서 만져지는 빛, 없는 기척이 내는 소리, 보이지 않게 드러나는 것, 끝내 "아무것도 모르겠어 이제"(「지난날의 우주와 사다리와」)라고 말할 수밖에 없는 그것. 이 모든 것은 "당신이 아니겠는가", "당신 아니고서는 아닐 수 없는 것이 아니겠는가"(「여름 팔월」). 당신은 내가 기다릴 때 도래하는 존재, 내가 지워질 때 생겨나는 존재, 내가 들을 때 드러나는 존재이다. 겹겹의 시간에 현전하는 당신을 만나기 위해 유희경은 모든 한낮에 어둠을 초대하고, 소리의 한가운데서 적요의 세계를 열고, 환한 빛 속에서 눈을 감은 채 이렇게 중얼거린다. "당신이 드러나고 있다 나는 당신을 듣는다 얼마나 가까이 다가왔는지"(「우리에게 잠시 신이었던」, p.9).

6
기억의 들판이 불러오는 회한이여
회한의 돌풍이여 날아드는 마른 가지여
가지가 내어놓는 마른 불꽃이여

불의 혀가 삼켜, 천천히 가라앉는

당신이여 당신이 말하는 기적이여

어디에도 없는 기적이여 사막 같은

슬픔이여 나는 울고, 울다 버려졌으니,

7

이제 밤이 다 가고 늙어버린

아침이 백색의 천을 이끌고 오고 있다

모든 것을 다 뒤지고도 끝내 찾지 못한

인간이 걸어오고 있다 패배했지만

패배하지 않았다 푸른 종이에 쓰일

난독의 감정이 지구를 조금 끌어 올린다

이곳은 생활이 생활로 이어지는 소리

생계가 생계를 당기는 냄새로 가득하다

백색의 천이 조금씩 검붉어질 때,

인간은 서 있다 인간은 날아가지 않는다

벗어난 것은 어디에도 없다 살아간다

「우리에게 잠시, 신이었던 것들」 부분

　　당신은 지난 기억과 함께, 저 회환의 불꽃을 이끌고, 사막 같은 슬픔을
펼치며 온다. 허무와 욕망과 희망과 소란의 날들을 지나 "우리가 얼마나/
어두워졌는지 알게" 되었을 때 당신의 얼굴, 당신의 비밀, "당신이 말하는
기적"을 알 것도 같다. 당신은 우리에게 잠시 신이었던 "어디에도 없는 기
척"이지만 생활과 생계로 소란한 이곳으로 와 우리를 느리게 흔들어놓는

다. 당신의 기척으로 흔들릴 때 우리는 우리가 인간이라는 것을, "패배했지만/ 패배하지 않"은, 서 있는, 날아가지 않는, 살아가는 인간이라는 것을, 쓸쓸하고 아름다운 인간이라는 것을 알게 된다(「우리에게 잠시, 신이었던 것들」). 지난날은 믿어지지 않게 아득하고, 서 있는 여기는 사막처럼 고단하고, 가야 할 길은 보이지 않지만 우리는 어쩌면 "아무렇지 않아서 아무렇지도 않다는 듯"(「합정동」) 살아간다.

아무 일도 없고 아무 소리도 없고 아무렇지도 않다고 자꾸만 되뇌는 유희경의 시에는 말할 수 없이 사납고 냉정한 이 세계에 대한 고요한 응시가 깔려 있다. 유희경은 너무 많은 슬픔과 믿어지지 않는 고통의 세계 뒤편에서 대단한 일도 없고 놀라울 것도 없는 빈집 같은 세계의 침묵을 듣는다. 우리는 자주 분노하고 놀라고 떠들고 흥분하지만 곧바로 혹은 그 사이로 들이닥치는 적요의 순간에 결박당한다. 이 알 수 없는 감정은 무엇인가, 이 세계의 속내는 무엇인가, 매번 이렇게 되어버리고 마는 나는 무엇인가. 우리는 단호하게 살아가는 것 같지만 생각해보면 늘 어리둥절한 채로 있다. 어쩌면 이 세상을 살아가는 우리들의 가장 명백한 감정은 '아무것도 모르겠어'라고 중얼거리는 아득함인지도 모른다.

유희경의 이번 시집은 저 아득한 "난독의 감정"에 몰두한다. 그것은 사라져가는 세계와 늘 그 세계를 놓친 후 다음을 기다리는 일, 이 숨바꼭질 같은 삶의 구조 속에서 반복되는 감정이다. 그러나 반복된다고 분명하게 알게 되는 것은 아니어서, 매번 알 수 없는 채로만 느껴지는 감정을 처음인 것처럼 붙들고 뒤척일 뿐이다. 이 곤란하고 이상한 감정 앞에서 할 수 있는 일이란 뒤늦은 어리둥절함과 후회를 헤집으며 난독의 감정과 결탁해 있는 어둠의 색을 계산해보는 것이다. 그리하여 "닳아 사라지길 바라며 만져보는 것"(「조항」)처럼 유희경은 어둠에 불을 켜준다. 그의 시가 드러내 보이는 어둠이 흰 색에 가까운 이유가 여기에 있다. 이번 시집을 읽고 나면 모든 색이 증발하듯, 서서히 바래가듯, 지워지고 난 후에 남은 지워짐의 흔적처럼 이 상하게 하얗고 눈부신 어둠이 남는다. 그것은 세계의 심연에 고여 있는 묵시록적인 어둠이 아니라 세계의 표면을 뒤덮고 있는 가볍고 메마른 어둠이다. 이 어둠이 지시하는 것은 세계의 끝이 아니라 "도무지 끝나질 않고/ 매번 시작되기만"(「어깨가 넓은 사람」) 하는 세계의 일상, 세계의 반복이다. 마치 한낮의 쨍한 볕 속에서 모든 색과 시간이 녹아내리는 것 같은 백색의 어둠은 "아무 일도 없고 아무런 일도 일어나지 않는, 반복의 감각(「한낮」)", "반복되지만 돌이킬 수 없는"(「사월」) 삶의 감각을 품고 있다.

그러니까 이것은 "쓰고 싶은 것도 쓸 수 있는 것도 없는 시절에 대한 이야기"이기도 하다. 쓰기의 무기력은 곧 아무렇지도 않게 반복되는 세계 앞에서의 무기력이기도 하지만 "막다른 골목에 닿으면 새를 상상하게 되는 것처럼" 무기력의 힘으로 다시 돋아나게 할 쓰기의 다른 가능성, 세계의 다른 가능성을 향한 작정이기도 하다. 쓰고 싶은 것도 쓸 수 있는 것도 없는 무기력으로 "지워짐을 남기고 싶"다면, 사라지면서 드러나는 것도 있다고 믿어야 하지 않겠는가(「작가」).

> 빛이 떨어지고 빈 병이 있던 바닥에
>
> 거기 있다는 것을 본 것만 같은데
>
> 그저 그랬을 뿐 나는
>
> 흔적처럼 남아 있는 온기를 쓸어보았고
>
> 먼지처럼 작은 것들 묻어났다 알고 있었으니
>
> 아무런 일도 벌어지지 않을 것이었다
>
> 잠에서 깨었을 때 사라진 당신은

당신 아닌 것들만 남아 당신이 되었고

나는 아주 작고 아득한 단어를 날리고

세어본 것이다 쓸 수도 발음할 수도 없는

단어를 오래전부터 알고 있었던 것 같지만

그건 사실이 아닐지도 모르지 그것은

날아가버렸고 도저히 돌아올 수 없으니

「단어」 전문

어떤 무서운 사건도, 어떤 거대한 고통도 작고 사소한 먼지처럼 부서져 흩어지고 사라지는 것을 우리는 지켜보았다. 거기 있었지만, 모두 보았지만, 아무런 일도 벌어지지 않았다. 그것은 쓰고 싶은 이야기도, 쓸 수 있는 이야기도 아닐 것이다. 그러나 "흔적처럼 남아 있는 온기"와 "먼지처럼 작은 것들"을 그러모아 사라진 당신이 돌아올 자리를 마련하려 한다면 어떤 단어가 그 일을 할 수 있겠는가. "당신 아닌 것들만 남아 당신이 되"는 실패 속에서 당신 아닌 것들로 당신을 부르는 기적이 가능하겠는가. 유희경은 "아주 작고 아득한 단어", "쓸 수도 발음할 수도 없는/ 단어"로 당신을 부르고자 한다. 질료도 없고 형체도 없는 단어, 너무나 작고 작아서 없는 것 같은 단어, 오래전부터 알고 있었던 것 같지만 떠오르지 않는 단어는 위대한 신의 언어가 아니라 끝없이 날리고 세어보고 기다리고 좌절하는 인간의 언어, 시의 언어일 것이다. 이것이 패배했지만 패배하지 않은 인간의 단어, "푸른 종이에 쓰일/ 난독의 감정", 어쩌면 "지구를 조금 끌어" 올릴지도 모르는 시의 언어인 것이다(「우리에게 잠시, 신이었던 것들」).

당신은 시의 언어 속으로 영원히 오는 중이지만 끊임없이 오지 못하며, 시의 언어 속에 흔적을 남기지만 드러날 듯 사라지고 만다. 그렇게 당신은 잠시, 아주 작고 사소한 몸짓으로, 아주 아득하고 먼 소식으로 우리에게 온다. 우리가 여전히 무언가를 읽고 쓰면서 당신을 만나려 한다면, 모르는 세계의 닫힌 문을 두드리려 한다면, 그것은 "당신에게서 꽃이 온다는 것을" 알기 때문이며 "오는 것만은 아니고, 오다 오다가 주춤대기도 하는 것이" 이상하도록 좋기 때문이다(「봄」). 우리가 이 대답 없는 침묵의 세계에서, 현기증 나도록 냉정한 어둠의 세계에서 사소한 것들의 이름을 떠올리며 언어를 매만지는 이유는 그저 그렇게 하는 것이 좋기 때문이다. 이토록 아무런 이유도 없이 좋고 그래서 허무하지만 놓을 수 없는 어떤 것에 대한 마음을 담담하고 아름답게 그려낸 시가 여기 있다.

> 이상하고 깨질 것만 같은 것
>
> 깨질 것만 같은 소리에 놀란
>
> 아무것도 아닌 당신을 달래려고
>
> 다시 옆을 더듬게 되는 것
>
> 아무것도 아닌 것을 더듬었다고
>
> 씁쓸하게 웃어보는 그런 것 그것은
>
> 커다란 것 헤드라이트를 켜고
>
> 지나가는 자동차와는 비교도 되지 않게
>
> 춥고 커다란 것 내가 오랫동안
>
> 잊고 있었던 것 잊고 말하지 못한 것
>
> 실은 고양이가 아니어도 좋은 것
>
> 골목이 자동차의 뒷모습이
>
> 물그릇과 당신이 아니어도 좋은 것
>
> 그것은 역시 좋은 것 좋아서

커다란 것 다시 잊고 말 어떤 것

「좋은 것 커다란 것 잊고 있던 어떤 것」 부분

추운 날씨와 고양이와 고양이를 위한 물그릇과 골목과 자동차의 뒷모습과 미끄러지는 얼음. 이 시는 저토록 사소한 것들에 깃든 신의 얼굴, 나와 당신과 사물이 가담하여 이루어내는 마음의 풍경을 그윽하게 드러내 보인다. "좋고 위험한 것", "위험하고/ 아슬한 것", "아무것도 아니라고 말하는 것", "어쩔 수 없이 그런 것", "이상하고 깨질 것만 같은 것", "춥고 커다란 것", "오랫동안/ 잊고 있었던 것", "좋아서/ 커다란 것", "다시 잊고 말 어떤 것"(「좋은 것 커다란 것 잊고 있던 어떤 것」). 이 잔잔하고 기나긴 말들의 나열과 연쇄 속에서, 사라질 것처럼 희미하지만 끊이지 않고 넘실대는 감정의 파도가 조용히 밀려온다. 위험하고 아슬아슬한 이 세상에서 우리는 종종 놀라고 나처럼 놀란 당신을 달래주고 싶어 문득 옆을 더듬다 쓸쓸해지고 그런 식으로 고요가 되고 어둠이 되어간다. 이 고요한 어둠은 아무것도 아니어서 좋은 것, 어쩔 수 없는 것이어서 좋은 것, 그토록 좋은데 잊고 있던 것, 그래서 커다랗고 슬픈 것이다. 그러나 잊고 있던 것을 떠올리는 슬픔보다 더 큰 것은 이 또한 다시 잊히고 말 것이라는 것을 아는 슬픔이다.

유희경은 "어떤 작정이 없다면 사람은/ 금방 슬퍼지고 만다"(「작은 일들」)고 말한다. 우리에게는 사소한 작정이 필요하다. 부끄러운 일만 잔뜩 떠올리면서 여름을 견디려는 작정(「작은 일들」), 아직도 말을 만지는 까닭을 더듬어보려는 작정(「잊어버린 이야기」), 누군가의 기척을 기다리며 노트를 넘겨보려는 작정(「늦고 흔한 오후」), 견고한 물질 위에 마른손을 올려 두려는 작정(「시를 읽는 시간」), 시시각각 달라지는 것들의 이유를 캐내보려는 작정(「社員」), 아무 일도 없는 우리의 일상을 천천히 밀고 가는 이런저런 사소한 작정들. 우리는 너무나 사소해서 커다란 슬픔을 견딘다. 유희경이 제안한 이 쓸쓸한 작정이 당신과 나를 "조금 더 따뜻한 쪽으로"(「조금 더 따뜻한 쪽으로」) 데려가 줄 것이라 믿는다.

믿는 것과 믿기로 한 것

— 정용준,『프롬 토니오』(문학동네, 2018)

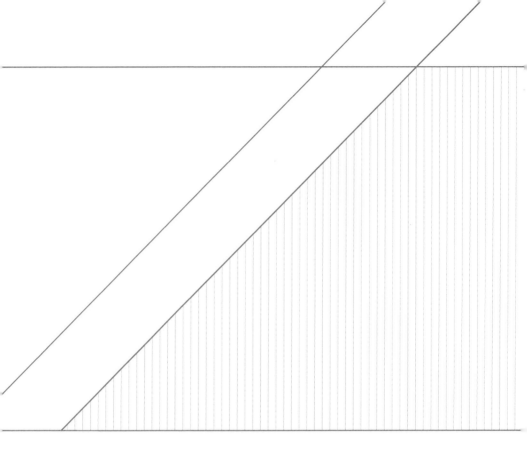

정주아

2005년 〈문학수첩〉 평론 부문 신인상으로 등단.
현재 계간 〈창작과비평〉에 비상임 편집위원으로 참여하고 있으며,
강원대학교 국어국문학과에 재직 중이다.
jjua@kangwon.ac.kr

믿는 것과 믿기로 한 것

1.

    사랑하는 사람이 영원히 떠난 자리를 지켜보는 일은 언제나 뒤에 남겨진 이들의 몫이다. 떠난 사람도 남겨진 사람만큼 이별에 가슴 아파하는가. 이제 다시 만날 수는 없는 걸까, 죽음은 정말 영원한 이별인가. 남은 자의 황망함과 안타까움이 쏟아내는 질문들은 비록 저마다 다른 절실함을 품고 있는 것이겠지만 아무런 반향이 없는 공허한 울림으로 되돌아오긴 마찬가지이다.

    정용준의 두 번째 장편소설 『프롬 토니오』(문학동네, 2018)는, 떠났던 이를 다시 소환하여 남겨진 사람의 질문에 대답하도록 만든다는 기이한 상상에서 시작된다. 제2차 세계대전이 한창이던 1944년 지중해 상공에서 정찰기를 조종하다 추락했으나, 그 후 반세기가 흐른 1997년에 홀연히 나타나 그간 신의 세계에 머물렀노라 주장하는 프랑스인이 있다. 자신을 '토니오'라 밝힌 남자는 놀랍게도, 고래를 타고 인간계로 건너와 그간 건너 뛴 오십 여 년의 세월을 한꺼번에 받아들이며 아흔 살 노인으로 급변하는 중이다. 토니오가 고래 뱃속에서 걸어 나오는 모습을 우연히 목격한 미국인 화산학자 '시몬'은 어쩔 수 없이 그의 보호자 노릇을 맡게 된다. 사실 시몬은 남을 돌보기는커녕 자신조차 추스르기도 버거운 상태이다. 연구팀 동료이자 연인이던 앨런이 해양 탐사작업 중 실종된 지 반 년이 지났지만, 시몬은 그녀의 죽음을 결코 인정하려 들지 않기 때문이다.

사랑하는 사람들을 뒤로 하고 인간 세상을 떠났던 이와 연인을 잃고 뒤에 남겨진 이의 불가사의한 만남. 과학자 시몬은 신의 세계에 다녀왔다는 토니오를 믿지 않지만, 바다로 들어가 손수 앨런의 목걸이를 건져 온 토니오의 이적(異蹟) 앞에 무너진다. 그리고 죽은 자를 향해 묻어 두었던 질문들을 쏟아낸다. 죽은 자의 영역을 답사하고 돌아온 신비한 인물 토니오의 다음과 같은 전언('from Tonnio')은 사랑하는 사람을 잃고 절망에 빠진 이들을 향한 이 소설의 핵심적 메시지이다. "죽음 저 너머로 떠나가는 사람은 사랑하는 이들을 가슴속에 데리고 간다네. 남겨진 자들은 반대로 죽은 자들을 떠나보내지 않고 기억 속에 담아 함께 살아가지. (…) 만날 수 있지. 아니, 반드시 만나게 되네. 죽은 자는 사라지지 않으니까. 누군가가 간절히 찾는다면……언젠가는 만날 수밖에 없어."(276)

2.

그러나 토니오의 전언이 이뿐이라면 너무 허망하지 않은가. 인간 세계 바깥을 경험하고 돌아왔다는 그의 격려는 따뜻하긴 하지만 얼핏 보아 내세를 기약하는 종교적 잠언과 별로 다를 바 없어 보이니 말이다. 신의 세계를 순례한 단테의 전언은 신에 대한 믿음으로 그 신빙성을 보장받는 것이지만, 토니오의 전언은 무엇을 근거 삼아 진실성을 인정받을 수 있는가. 21세기 독자들을 향해 건네진 이 전언은 신탁을 흉내 낸 공허한 위로인 것은 아닌가. 그러나 『프롬 토니오』가 여행과 귀환의 구조를 갖춘 이야기라는 점을 염두에 둔다면 이런 판단은 섣부를 것일 수 있겠다. 여행담이 오랜 기간 장르를 달리하며 독자들에게 사랑을 받아온 이유는 예측을 배반하는 의외성 때문이다. 기대를 벗어나는 상황들, 그와 더불어 풍부한 삶의 표정을 덧입게 되는 인물의 변화가 따르지 않는다면 이야기를 할 필요도 들을 이유도 없는 것이다. 토니오가 다녀왔다는 유토피아의 여행기 역시 예측을 벗어난다는 점에서 예외는 아니다.

　　첫 장편 『바벨』을 비롯하여 정용준의 전작을 읽어온 독자라면 『프롬 토니오』에 그려질 유토피아의 모습이 궁금해질 수밖에 없을 것이다. 『바벨』은 의미 없이 부유하는 영혼 없는 말들, 다만 거짓과 위선의 도구로 쓰일 뿐인 말을 뱉어내는 인류를 덮친 재앙의 풍경을 그린다. 입을 빠져나온 말이 점액성 물질이 되어 몸을 타고 흘러내린다거나 자신이 배설한 말에 갇혀 사람들이 질식사한다는 등의 섬뜩한 상상력은, 악한 이가 말을 하면 입에서 벌레가 나온다는 계몽적 동화의 수준을 훌쩍 넘어선다. 그것은 차라리 일상을 빈틈없이 채운 죽음의 그림자를 묘사함으로써 장차 죄 많은 인류가 맞이할 심판이 어떤 모습일지를 경고하는 묵시록에 가까운 것이다. 소설집 『가나』의 표제작은 바닷속을 표류하는 시신이 되어서야 육체의 제약을 벗고 사랑하는 이들에게 귀환할 수 있었던 외국인 노동자의 독백으로 이루어진다. 뱃사람이었던 그는 여러 차례 되풀이해서 말한다. '죽음은 잠처럼 익숙하게, 어떤 모종의 예감이나 위험도 없이 그렇게 쉽게 찾아오더라'고. 요컨대 정용준의 소설 세계는 죽음을 초월하기보다는 죽음을 향해 나아가고 죽음과 함께 머무르고자 하는 타나토스의 지향으로 충만하다.

이런 경향에서 짐작 가능하듯, 『프롬 토니오』는 인간의 유한자로서의 운명을 탓하며 죽음 없는 유토피아에서의 재회를 기약하는 상투적인 내용과는 상관이 없다. 그 방향은 차라리 정반대라 하겠다. 토니오가 체험했다는 신적 영역, '유토(euto)'는 유한자의 결핍과 제약을 초월한 완벽한 장소가 되어야 하겠지만, 정작 토니오의 시선에 비친 유토의 실상은 전혀 달랐다. 완전무결한 장소에 없는 단 한 가지, 죽음 때문에 유토의 풍요와 자유는 '생의 활기'를 잠식하는 무기력이나 권태와 다를 바 없는 것이 된다. 언제 끝날지 기약할 수 없는 무한한 연장으로서의 삶, 그는 선택받은 자만이 누릴 수 있는 유토 거주민의 영예를 제 발로 걷어차고 '생의 감각'을 일깨워주었던 연인을 만나기 위해 인간계로 복귀한다. 유한한 육체의 옷을 입은 순간부터 노화의 고통과 죽음의 위협을 실감하면서도 그는 중얼거리고 있다. "그래, 차라리 이렇게 늙어가는 이 느낌이 삶의 감각이지. 죽음에서 아주 멀리 떨어진 안전한 삶은 왜 지루한 걸까.(…)"(230) 그는 유한성을 축복하고, 죽을 수 있음에 안도한다. 유토피아에 대한 그의 의견은 확고하다. "유토가 어떤 곳이냐고? 죽음이 오면 죽음에게 삶을 내어줄 이들이 우글거리는 세계일세."(232) 다만 관념으로라도 유토피아 따위는 꿈꾸지 말라, 죽음이 없는 삶은 그 자체로 지옥과도 같으므로. 이는 토니오를 신의 영역으로 내보내면서까지 작가가 독자들에게 건네고 싶었던 말이다.

그러므로 유토피아를 벗어나 인간계로 돌아온 토니오의 마지막 여정은, 한편으로는 생전에 제대로 이별하지 못한 연인을 찾아가는 여행이지만 동시에 그간 보류되었던 인간적 죽음을 완수하는 여행이 된다. 쇠약한 육체를 끌고 콘수엘로의 옛집에 찾아간 그는 그녀가 남긴 편지를 읽으며, 결코 유토피아에서는 찾을 수 없었을 충만한 죽음을 맞이한다.

3.

소설 초반 토니오에게서 프랑스 작가 생텍쥐페리의 모습을 읽어내던 독자들은 소설 중후반부에 이르면 짐작이 틀리지 않았음을 확인하게 된다. 그러나 실존 인물을 위한 전기라든가 특정인의 정체를 밝히기 위한 추리물을 읽고 있는 상황이 아닌 마당에, 고래뱃속에서 걸어 나온 판타지의 주인공이 자신의 입으로 스스로 역사적 실존인물임을 밝히는 장면은 다소 충격적이다. 토니오가 생텍쥐페리로 명명되는 순간 그간 공들여 서술해놓은 토니오의 삶과 사유가 생텍쥐페리라는 정답을 유도하는 연상퀴즈의 단서쯤으로 뭉뚱그려져 증발할 수 있다는 점을 감안한다면, 이 장면은 『프롬 토니오』에서 가장 위태로운 서사적 모험이 펼쳐졌던 순간이라 할 것이다. 물론 이런 모험이 감행된 이유는 단 하나이다. 토니오는 생텍쥐페리여야만 한다는 것, 즉 『프롬 토니오』는 처음부터 생텍쥐페리를 위한 오마주이고, 그의 음성으로 발화되는 이야기여야만 한다는 확신이다.

실제로 『프롬 토니오』에는 생텍쥐페리의 전기적인 사실뿐 아니라 그가 써낸 주요 작품을 참조해서 읽었을 때 더욱 흥미로워지는 대목들이 많다. 바다에 불시착하는 토니오의 비행 장면이 『야간 비행』의 등장인물 파비앵의 마지막 비행과 겹쳐지는 것은 물론이고, 앨런의 죽음을 인정하지 않는 시몬에게 "몸이란, 또 삶이란 영혼을 보존하기 위한 보조물에 불과하지."(70)라 답하는 토니오의 모습은, 지구에서 소행성 B612로 되돌아가려는 어린 왕자가 '몸이란 벗어던진 낡은 껍데기나 마찬가지'라 말하는 모습과 닮은꼴을 이룬다.

그러나 무엇보다 중요한 것은 몇몇 문장이나 비유의 유사함 따위가 아니라, 삶과 죽음에 대한 생텍쥐페리의 사유 전반이 『프롬 토니오』와 공명하고 있다는 사실이겠다. '길들임'에 대한 여우와 어린 왕자의 저 유명한 에피소드에서 한편으로는 누군가의 영혼을 자신의 마음속에 받아들일 때의 조심스럽지만 가슴 설레는 행복을 읽되, 그와 동시에 '길들여졌다'는 결과란 혼자 남겨진 이별의 자리에서 명징하게 자각되기 마련이라는 슬픔도 함께 읽어낼 있다면, 이것으로 우리는 생텍쥐페리이자 토니오인 한 인간의 삶에 드리워졌던 밝음과 어두움의 공존 방식에 대해 한 발짝 다가간 셈이다.

> "이제 그는 밤의 한복판에서 불침번처럼, 밤이 인간을 보여준다는 것을 깨닫는다. 이런 신호, 이런 불빛, 이런 불안을 보여준다는 것을 말이다. 어둠 속의 별 하나는 고립된 집 한 채를 의미한다. 별 하나가 꺼진다. 그것은 사랑에 대해 문을 닫은 집이다."[1]

야간비행 중인 파비앵이 바라본 밤의 풍경 속에서, 별들과 불빛은 어둠을 여백 삼아 각기 다른 감도로 빛을 낸다. 파비앵의 비행기 또한 이들 단독자의 별무리에 포함된다. 제각기 홀로 존재하며 이야기를 건네는 어떤 신호, 불빛, 불안 등은 대낮의 명백하고 안전한 밝음에 의해 사라졌던 것들이다. '중요한 것은 눈에 보이지 않는다'는 어린 왕자의 말처럼, 파비앵은 일부러 외롭고 위험한 비행을 하면서 어둠 속의 존재들과 교신을 시도할 때에만 자기 존재가 발산하는 빛을 확인할 수 있었다. 어둠의 세계와 존재의 빛에 관한 이 같은 상대성 원리는 야간 비행에 나선 조종사뿐만 아니라 일부러 인간의 고통과 슬픔을 들여다보는 작가들에게도 마찬가지로 해당된다. 그러므로 우편 비행사 파비앵이 야간 비행을 사랑했던 이유는, 생텍쥐

---

1   생텍쥐페리, 『야간비행』, 용경식 옮김, 문학동네, 2018, pp.19-20.

페리가 유명 작가가 된 뒤에도 죽는 순간까지 비행사이기를 포기하지 않았던 이유이기도 하겠고, 나아가 작가 정용준이 말하고 싶었던 밝음과 어둠의 혼재, 생과 죽음의 공존이라는 주제와 연결되어 있기도 하겠다.

요컨대 토니오가 허구의 인물이 아니라 반드시 '생텍쥐페리'여야 했던 이유는 분명해 보인다. 『프롬 토니오』는, 진실로 아름다운 생의 감각은 죽음의 두려움을 동반한 곳에서만 열린다는 아이러니를 온전히 자신의 삶으로 체화한 인물의 목소리로 발화될 필요가 있었던 것이다.

4. 믿는 것과 믿기로 한 것

시몬이 토니오와의 만남으로부터 얻은 것은 무엇일까. 장차 앨런과 만나게 되리라는 예언, 혹은 확신? 신의 영역을 답사하고 돌아온 인물의 이적(異蹟)을 담보로 한, 마치 신탁과 같은 이런 위로가 전부라면, 쇠약해진 육체를 이끌고 연인을 찾아가는 소설 후반부의 서사는 공허하고 불필요한 것이 되어 버릴 것이다. 앞서 보았듯, 토니오는 무한한 삶의 가능성을 버리고 비루한 육체에 구속되는 삶을 선택했다. 그의 귀환은 어디까지나 인간적 한계 앞에서 절망하고 때론 헛된 기대를 품기도 하는, 평범한 인간으로 되돌아오는 과정이었다. 그러므로 이제 저 '토니오의 전언'(from Tonnio)이 과연 누구를 향해 발화된 것인지에 대해 답할 수 있을 것이다. 그것은 콘수엘로가 떠난 자리에 남겨진 무력한 인간, 죽음을 예감할수록 더욱 강렬한 생의 욕망에 시달리는 평범한 인간 토니오가 자기 자신에게 전하는 다짐이다. 그역시 콘수엘로를 만날 수 있으리라는 믿음을 지녔을 뿐 그 여행의 끝에 어떤 결과가 닥칠지 모르기는 마찬가지였기 때문이다.

그러므로 시몬이 토니오에게 얻은 것이 있다면, 그것은 어떤 믿음과 그 믿음을 수행하는 방식이라 할 수 있을 것이다. 기억이나 추억이라는 말은 더 이상 돌이킬 수 없는 과거라는 의미가 아니라 남겨진 자가 앞으로 걸어가야 할 방향을 알려주는 현재적 개입의 가능성을 의미한다는 것, 그렇듯 과거와 현재가 착종된 시간이 곧 떠난 자와 남겨진 자가 만나는 장소가 되리라는 것. 이런 믿음을 확인하기 위해 토니오는 귀환했고 기꺼이 마지막 여행을 치렀다. "믿는 것과 믿기로 한 것"(195)은 다르기에, 떠난 자와 남겨진 자의 만남이란 스스로를 다잡는 의지와 다짐 속에서만 지속될 수 있음을 손수 증명해보인 것이다.

생명을 어떻게 지킬 것인가

― 최은미의 『아홉번째 파도』 읽기

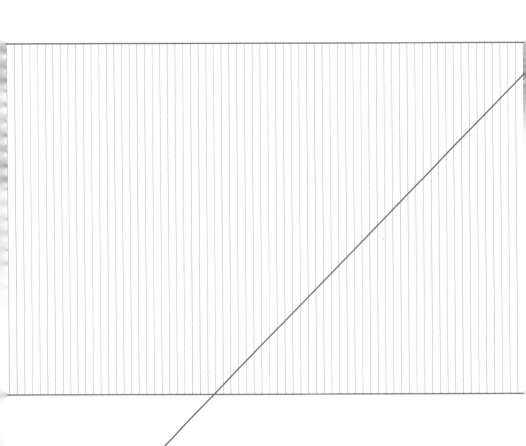

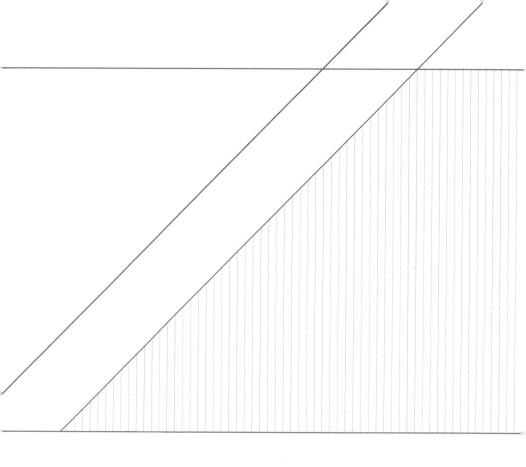

차미령

서울대학교 국어국문학과 및 동대학원 졸업.
2005년 〈서울신문〉 신춘문예로 등단.
현재 GIST 기초교육학부에 재직 중.
저서로 『버려진 가능성들의 세계』(문학동네, 2016)가 있음.

생명을 어떻게 지킬 것인가
— 최은미의 『아홉번째 파도』 읽기

1. 다시, 고통에 대하여: 최은미 소설의 기원

지인들과 안부를 나눌 때 건강을 당부하는 말을 사람들은 흔히 쓴다. 별로 의식하지 않았던 소소한 바람의 말들은 가족이 큰 수술을 하게 되거나 이런저런 몸의 이상 신호가 자각되면, 곧 절실한 것이 된다. 짐짓 무시하고 살지만 자신이, 혹은 함께 삶을 나누는 이들이 병의 부름을 받게 되는 것, 그리하여 고통 속에 살게 되는 것은 누구나 두렵고 무섭다. 그 순간이 생의 어느 시점 닥쳐온다면 일상은 와해되고, 삶은 순식간에 불면과 눈물로 덮이게 될지 모른다. 지금 이 글은 내적인 상념들을 사치로 돌리게 되는, 육체적 실존을 위협하는 고통들을 상기하며 시작된다.

인류가 공유하는 희망 중 하나는 고통 없이 사는 것이다. 병들지 않은 자는 고통 속에서 매순간 자신의 육신을 의식하며 살아내야 할 삶이 얼마나 끔찍한지 모른다. 아니, 그 사실은 필연직으로 예감되기 때문에, 보아서 알거나 겪은 적이 있기 때문에, 인간은 고통을 없애는 꿈을 향해 진화해 왔을 것이다. 물론 용기 있는 사람들은 고통을 가로지르고 이겨낸다. 인간학적 성찰들은 인간이 고통으로부터 삶의 진실을 발견해 왔다고 충고한다. 고통을 저주가 아닌 축복으로 만드는 종교학적 기술에 대해서라면 곧바로 몇 가지를 떠올릴 수 있다. 어쩌면 이 세계는 고통이 꾸고 있는 꿈일지 모른다.

그리고 최은미 소설의 근원에 고통이 있다고 다시 말해야겠다. 그 점은 먼저 상자된 두 소설집의 해설에서 공히 주목되었던 바이기도 하다. 첫 소설집 해설의 첫머리에서 권희철이 "『너무 아름다운 꿈』에 실린 여덟 편의 아름답고 슬픈 이야기들은 한결 같이 삶이란 고통스러운 것이라는 인식에서부터 출발한다"[1]고 지적하거나, 두 번째 소설집 해설의 말미에서 김형중이 "이처럼 지옥 같은 소설들을 더 많이 더 냉혹하게 써"[2]달라고 우회적으로 환기하는 장면을 살피면 그렇다. 두 글을 나란히 놓고 보면, 작가에 대한 평가와 전망이 '염세주의'를 중심으로 갈라지는 장면이 흥미롭지만, 그보다 먼저 각인되는 것은 고통과 지옥이 마주하고 있는 최은미 소설 특유의 실감이다.

논의의 맥락을 이렇게 단순하게 정리한다면, 누군가는 질문이 착종되어 있다고 지적할 것이다. 최은미의 첫 장편소설 『아홉번째 파도』를 앞에 두고 초점을 좀더 분명히 해야 할 필요가 있어 보인다.[3] 역시 앞선 평자들이 거론했듯이, 최은미 소설의 근저에는 벌레(「간밤 강가」), 구더기(「전곡숲」), 바이러스(「너무 아름다운 꿈」), 곰팡이(「창 너머 겨울」) 등 '신경을 파고드는' 생명체들

◇◇◇◇◇◇◇◇◇◇◇◇◇

1   권희철, 「살아가기 위해서 우리는 비극을 읽는 것입니다」, 『너무 아름다운 꿈』, 문학동네, 2013, p.283.

2   김형중, 「미리 결정된 지옥에서」, 『목련정전』, 문학과지성사, 2015, p.353.

3   최은미, 『아홉번째 파도』, 문학동네, 2017. 이하 소설에서의 인용은 이 책을 출처로 하고 있다.

이 기다리고 있다. "꿈틀거리며 강렬한 생명성을 현시하지만 개별적으로는 인식불가능한 벌레들의 징그러운 이미지"[4]가 소설 전체를 장악하고 있다는 진단이나, 최은미 소설의 '운명의 신'은 "숙주인 '몸'에 기생해 '삶'이라는 양분을 빨아먹으며 끈질기게 번식하는 바이러스나 곰팡이와 닮았다"는 논평을 보라.[5] 지금 와서 돌아보면, 최은미 소설은 고통을 담아낼 때에도 문제를 관념적으로 접근하기보다는 생명들의 쟁투를 빌어 포착해 왔다. 그리고 전작들의 문제의식을 이어받고 있는 『아홉번째 파도』는 유충 구제제에서부터 스테로이드 호르몬제, 나아가 요오드127이 들어있다는 민물초까지, 고통을 줄이고 안전을 약속해 줄 것이라 유혹하는 다양한 인간적 고안과 발명들을 가로질러 나간다. 특히, 단편의 상징적이거나 암시적인 차원을 넘어서, (광우병 파동과 후쿠시마 원전사태를 거치며 더이상 낯설지 않게 된) 생명정치 시대를 살아가는 인간들 사이의 소통과 경합은 이 소설의 중요한 자원이다.

첫 장편에서 쉽게 접하기 어려운 두께이지만, 서사는 상당한 지구력을 보여준다. 이미 작가의 단편에서부터 감지되었던 추리적 요소는 작중의 모든 인물들이 단 하루, 10월 15일로 내달릴 때까지 긴장감을 자아낸다. 장편의 공간이 기대한 것 이상으로 작가에게 어울린다는 생각이지만, 이 지면에서 세목의 손실 없이 옮기기는 어렵다. 하지만 그렇다 해도 간단한 들머리는 필요해 보인다. 소설은 핵발전소 유치를 두고 찬핵과 반핵 갈등이 높아지던 시기, 노인들이 주로 찾는 척주시 보건소로부터 이야기를 풀어가기 시작한다. 보건소의 약무직 공무원인 송인화는, 소설이 시작되고 얼마 지나

---

4   강지희, 「길들여지지 않는 꿈」, 『문학동네』 2013년 여름호, p.531.

5   황현경, 「작은 신의 것들」, 『2017 제 8회 젊은 작가상 수상작품집』, 문학동네, 2017, p.88.

지 않아 형사 박영필의 방문을 받는다. 이어서 아질산나트륨이 든 막걸리를 마시고 사망한 이영관이, 십팔 년 전 어라항에서 시신으로 발견된 송인화의 아버지 사망 사건의 유력 용의자였다는 사실이 드러난다.

2. 고통 앞에 무엇을 약속할 것인가 : 약과 종교

『아홉번째 파도』를 읽어가다 보면 쉽게 지나치기 어려운 진술들이 반복적으로 출몰한다. 대개 그것들은 척주의 노인들이 약을 호소하는 고통에 찬 목소리들이다. 서사의 중심에 있는 인물 송인화가 방문 복약상담을 하며 주로 만나게 되는 이들이 시 외곽의 노인들이다. 그들의 머리맡에는 예외 없이 약상자가 놓여있는데, 금지약물로 분류된 약들을 송인화 일행이 압수할 때마다 그들의 격렬한 저항에 부딪힌다. "저것들이 없으면 내가 아파서 잘 수가 없다"며 급기야 저주를 퍼붓는 유리골의 노인이나, "삼양동 어느 집에 암을 앓다 죽은 동생이 있다, 동생이 죽기 전까지 먹던 진통제가 집 어딘가에 꽤 남아 있을 거다, 그걸 갖다 달라, 그 사람들이 갖고 가기 전에 나에게 약을 갖다 달라"고 애원하던 요양병원의 노인은, 스쳐가는 삽화 속에 등장하지만 강한 잔상을 남긴다.

'시 보건소 보건정책과 예방의약계 약무주사보'로서 작중 송인화가 하는 업무는, 온갖 수모를 무릅쓰고 노인들로부터 약을 앗아오는 것이다. 골격만 놓고 보자면, 송인화로 표상되는 국가의 생명 관리 시스템은 검열과 금지의 방식으로 작동하고 있으며, 그래서 마치 저 노인들의 목소리는 관리 체계의 바깥에서 부유하는 유령(undead)의 그것처럼 다가오기도 한다. 다시 말해, 방문 상담이라는 외장을 갖추고 있기는 하나, 최소한 저 삽화들에

국한해 보자면, 노인들의 집착이 스스로 파악하는 자기의 삶과의 연관 아래 기술될 공간은 그리 넓지 않아 보인다. 대신 작가는 목소리 자체의 파토스를 효과적으로 각인시키는데 주력하면서, 서사의 열쇠를 쥐고 있는 인물들의 과거사나 내력 등으로 그 여백을 유추하게 한다.

예컨대, 현재 시점 서사의 주요 동기라 할 수 있는 이영관의 사망 이후, 그의 조카 이여환이 송인화에게 건네는 사건의 첫 단서는 생전의 이영관이 남긴 약통이다. 조카의 기억 속에 "듣는 사람까지 미치게 하는" 기침소리로 남아 있는 그는, 보건소에 재가진폐환자로 등록되어 있고 잠을 이룰 수 없어하며 신경안정제와 수면제를 복용해 왔다. 소설의 결정적인 순간에 유령의 목소리로 과거를 복원해갈 그는 과거 동진시멘트 하청업체의 석회석 착암 기사였다. 그리고 소설이 무대로 하고 있는 척주시는 석회석 광산이 있을 뿐 아니라, "남한 최대의 탄전이라 불리던" 도계 인근이기도 하다. "젊은 시절 탄광에서 수십 년을 일하다 폐에 분진이 쌓이는 진폐증을 얻은 노인들은 주로 하장과 은남과 도계에 흩어져 살고 있었다."(p.179) 작업장에서 얻은 질병과 함께 남은 생을 살아야 할 노인들에게, 그들의 고통을 덜어줄 약을 판매하는 약국들은 막강한 영향력을 행사한다. 그리고 예상되다시피, 그 힘 아래로 부패한 돈이 흐른다. 소설에 따르면, 이 공간을 지배하는 자는 통증을 없앨 수 있는 처방(혹은 환상)을 생산할 수 있는 자이다.

송인화는 유리골 정상을 볼 때마다 그곳에서 바다를 내려다보며 마지막 숨을 쉬었을 죄수들을 습관처럼 떠올렸다. 오래전의 사형장 흔적 같은 건 남아 있지 않았다. 유리골 정상은 지금 지진해일 대피소로 지정되어 있었다. 어라진 일대의 골목골목에는 지진해일 대피로를 가리키는 화살표들이 거미줄처럼 뻗어 있었고 그 화살표들은 모두 유리골 정상을 향했다. 척주시 재난안전대책본부가 관리하는 긴급대피장소. 오래전 숱한 사람들의 목이 꺾였던 곳. 그 유리골과 코끼리산을 잇는 산중턱에 바다를 보고 서 있는 상像이 하나 있었다. (p.30)

소설이 본격적으로 전개되면서 이 문제는 지역의 역사성의 시야에서 추적되기 시작한다. 과거 탄광지역이 핵발전소 유치지로 탈바꿈하고 있는 시점이라는 사실에서 짐작되듯이, 병에 대한 공포는 진폐증이나 심뇌혈관 질환에서 "암과 기형아 출산의 공포"로 넘어간다. 또한 인용한 대목에서 알 수 있거니와 몇 백년 전 생사여탈의 권력이 처형의 권력으로 표상되었다면, 오늘날 그것은 재난안전대책으로 바뀌었다. 죽음을 통해 드러나는 시대상은 푸코를 빌어 종종 환기되는 것처럼, 숱한 사람들을 '죽게 하고 살게 내버려두는' 권력에서 '살게 하고 죽게 내버려 두는' 권력의 시대로 옮겨간 것이다.

그리고 위 장면에서 작가는 유리골 정상을 바라보는 송인화의 시선 속에서 죽은 자의 원혼이 감도는 정상 아래 어떤 '상(像)' 하나를 포착한다. 척주 앞바다를 내려다보고 있는 그 상이, 삼은사에 위치한 약사여래상이라는 사실은 이후에 밝혀지는데, "아주 오래전부터 아픈 사람들의 기도처"였던 그곳은 지금도 만여 명 가량의 신도들이 모여 "나무소재연수약사(南無消災延壽藥師)"를 외우는 주력기도의 장관을 자아내는 곳이다. 과거 『약사경』을 탐독했던 어머니를 따라 삼은사를 찾아온 어린 서상화에게 승려는 말한다. "지극한 마음으로 약사여래의 이름을 부르면 병이 낫는단다."(p.234)

저 수행의 의미를 탐색하는 것은 지금 필자의 역량 밖이지만, 중생의 질병을 고쳐주는 보살이 신앙의 대상(藥師如來)이 되었다는 사실은, 고통 앞에서 그만큼 절박했다는 뜻으로 읽힌다. "아주 오래 전부터" 그 기도의 자리는 그것 외에는 어떤 방편도 생각할 수 없는 민(民)의 고통과 희구가 비어져 나오는 자리였을 것이다. 하지만 알다시피, 아픈 많은 사람들의 갈구는 다양한 힘과 접속하며, 그 힘이 늘 바람직한 결과로 이어지는 것은 아니다. 가령, 현재 시점의 윤태진의 눈에 들어온 삼은사 기도회는 이제 지역 정치인이 자기를 변호하는 무대이자, 사업을 둘러싼 이권이 오가는 장소에 불과하다. 삼은사의 창간 세력에서 갈라져 나온 "사이비 종교집단" 약왕성도회는, 이미 정치와 자본과 결탁해 있었거니와, 새로이 진주한 공포 속에서 포교와 사업의 수단을 갱신하려 한다.

> "병고와 재난을 해결해주신다는 약사 부처님. 바다를 보면서 저렇게 고상하게만 서계신 부처님! 바다에는 지금 이렇게 재앙이 닥쳐와 있습니다. 그런데 약함을 열지도 않고 서서 무얼 하십니까, 부처님!"
>
> 좌석에는 불안한 여자들이 앉아 있었고 연단위의 여자는 그 마음들을 움켜잡듯 물기 어린 목소리로 공기를 흔들었다.
>
> "어머님들."
>
> 여자들의 시선이 연단 위에 고정됐다.
>
> "저 약사여래가 우리한테 약을 약속해 줄 수 있습니까?" (p.113)

이 소설에서 약사여래의 '약왕'에서 이름을 따온 약왕성도회와 그 집단의 수장 안금자는, 비유해서 말하자면 "치료의 샤먼(curing shaman)"이 아니라 "저주의 샤먼(bewitching shaman)"에 가깝다.[6] 약왕성도회가 척주에서 신도를 그

---

6   두 샤먼을 비롯해, 신앙적인 것이 정치적인 것으로 간주되는 맥락에 대해서는 최종성,
「어둠 속의 무속-저주와 반역」, 『한국무속학』 27, 한국무속학회, 2013 참조. 최종성은
"한국의 무당이 고통을 달래주고 복을 빌어주는 선량한 종교전문가로 기억되고 있는 것

러모으고 세를 확장해 나간 것은, 아픈 사람들에게 그들의 힘으로는 구할 수 없는 약을 주었기 때문일 것이다. 그러나 약왕성도회가 이십년 간 밀수했던 멕소닐(모르핀, 코데인을 능가하는 약효가 있다고 설정된, 소설 속 마약성 진통제의 성분명)은 "죽을 것 같은 통증이 올 때" 극적인 효과를 가져다주지만, 결과적으로는 각종 부작용을 낳으며 고통 받는 몸을 죽음으로 몰고 간다. 간단히 말해, 종교를 빙자한 이 조직화한 범죄 집단은 '성도들'에게 약을 안겨준 것이 아니라 그들의 고통을 독으로 길들여 온 것이다. 정치권과 결탁해서가 아니라, 공동체의 토대를 파괴한다는 점에서 이들이 공격하는 아픈 몸들은 생물학적인 몸일 뿐 아니라 정치적인 몸이다. 그리고 소설은 그 고통을 해결하는 문제가 바로 정치의 문제라고 말한다.

3. 위험은 어떻게 배치되는가 : 촛불과 노동

시간을 거슬러 올라가 소설 속 척주의 역사를 짚어 보면, 약왕성도회와 더불어 동진시멘트를 거론하지 않을 수 없다. "동진의 시작이 척주라는 말은 척주 사람들의 자부심의 원천"이라는 진술이 환기하는 것처럼, 동진시멘트로 시작된 동진그룹은 척주의 자원으로 일어선 향토기업이자, 척주의 지역 경제를 좌우해 온 대기업이다. "동진시멘트 아니면 척주가 이만큼 먹고살지도 못했어"라는 말에서 노골적으로 드러나듯이, 발전주의 시대에 대한 향수는 여전히 척주의 한 쪽을 장악하고 있다. 석탄 산업이 사양에 접어

─────────────

이 사실이지만, 다른 한편으로는 요사한 술법으로 대중을 미혹시키는 사회악의 표본이자 문화를 오염시키는 근원으로도 다루어진다."고 지적하며 후자를 "치병의 직능과 상반된 반치료의 주술"과 "사회의 기반을 훼손하거나 부정"하는 주술로써 풀어간다.

들자 화력발전소를 수주하는 등, 동진이 표상하는 척주 산업의 역사는 한국의 에너지 산업의 역사와 궤를 같이 하며, 현재 척주는 다시 한번 변화의 파고 앞에 놓여 있다. 이 지점에서 작가가 문제적으로 형상화하고 있는 인물이 척주 시장 오병규다. 이십 년 전 동진시멘트의 사장이었으며, 천만 톤 물량 신화를 등에 지고 척주의 민선 시장이 된 그가, 이제 '24조원'의 이익을 내세우며 핵발전소 유치에 나선 것이다.

이 소설을 지탱하는 주요한 축들 중 하나는, 원자력 발전소 유치를 둘러싼 시 내부의 갈등이다. 찬핵 여론과 반핵 여론이 맞서던 시기에, 유치 신청의 근거가 되었던 주민 서명부가 조작되었음이 드러나면서, 척주 시장 오병규에 대한 주민 소환 투표가 발의되기에 이른다. 『아홉번째 파도』가 출간되기 직전에 공론화 위원회가 신고리 5·6호기 공사 재개를 권고하기도 했거니와, 최근 대안적 의사결정 모델로 부상한 숙의민주주의의 시야에서 소설을 탐색해 볼 수도 있을 것이다. 하지만 이에 대해서는 이미 논의된 바 있으므로,[7] 이 지면에서는 작가가 소설의 모티프로 밝히고 있는 "2012년 강원도 S시에서 실제로 있었던 시장 주민소환 투표"('작가의 말')에 주목하고자 한다. 바로 그 S시, 강원도 삼척시의 반핵운동과 주민투표에 대해서는 관련 학계에서 검토되어 왔는데, 그중 이상헌의 글은 『아홉번째 파도』의 독자에게도 적절한 길잡이가 되어줄 것으로 보인다.

이상헌은 삼척시의 주민 투표가 "한국의 발전국가적 성격과 도시 형성 전략의 특성, 그리고 공업도시 삼척시가 경험한 산업의 변화(석탄산업의 합리화)와 지역경제의 침체, 에너지 복합거점 도시라는 새로운 지역발전전략,

---

7   신샛별, 「숙의하는 소설들- 최은미의 『아홉번째 파도』와 김혜진의 『딸에 대하여』에 주목하여」, 『문학들』, 2017년 겨울호.

전임 시장의 지역 자원 사유화 및 민주주의의 퇴행, 반핵운동의 오래된 역사와 전통, 삼척시의 보수적 정치지형"[8]이 복합적으로 고려되어야 할 주제라고 지적한 뒤, 이를 역사적 맥락 속에 위치시켜 평가하고자 한다. 발전주의 담론을 넘어 자원이 가진 공유재로서의 속성을 피력하는 그의 논의에서, 민선 4·5기 전(前) 삼척시장의 행태가 사유화(privatization)로 비판되고 있는 것은 자연스럽다.

소설을 살펴면, 소환 청구서 서명부를 토대로 '살생부'를 작성하거나, 서명 철회를 강요하거나, 집회 및 투표를 방해하는 등 민주주의를 부정하고 왜곡하는 행태는, 현실의 사건에서 책의 지면으로 효과적으로 용해되고 있다. 또한 한국영화에서 종종 그러하듯이, 소설에서 반핵집회에 "깽판"을 놓고 다니는 오병규 척주 시장 주변 인물들은 깡패 조직과 흡사하게 소묘된다. 시장의 "양아(들/아치)"를 자처하며 그를 "시장 아버지"라 부르는 하수인들은, 척주시가 주식을 갖고 있는 공기업이나 시 발주 공사를 독식하는 건설회사의 주요직을 차지한다. 무엇보다 작가는 전 삼척시장에서 움튼 인물에 동진시멘트 사장이라는 이력까지 부여함으로써, 주민자치시대에도 만연한 정경유착이 생명보다 이윤을 우위에 놓는 사고에서 유래되었다는 인식을 보다 강화한다. 동진시멘트가, 35광구 야적장에서 폐타이어와 석탄재를 섞어 석회석 시멘트를 생산해 왔다는 사실이 폭로되는 지점에서 이 기업의 사기와 비리는 운영의 부도덕성을 넘어 생명에 대한 위협이라는 측

<hr/>

8   이상헌, 「위험경관의 생산과 민주주의의 진화—삼척시 주민투표 사례를 중심으로」, 『동향과 전망』, 한국사회과학연구회, 2016. 2, p.113. 이상헌은 이 논문에서 "핵발전소가 가진 위험에 대한 불안이, 오랫동안 발전주의적 패러다임 혹은 경제 성장 제일주의 패러다임에 사로잡혀 있던 지역의 정치를 변화시키고, 그 결과 후퇴되었던 민주주의가 진화했다"고 평가한다.

면에서 소설의 주제선에 합류한다.

그런데 이 국면에서 시장에 대한 주민 소환 요구가 핵발전소 유치로 현실화되었음을 다시 생각해 보자. 왜 척주여야 하는가, 왜 핵발전소여야 하는가. 앞서 소개한 논문에서 저자는 울리히 벡의 위험사회론을 데트레프 뮐러만의 '위험경관(riskspace)' 개념을 빌어 비판적으로 보완하면서, 삼척시의 발전 과정을 "위험경관 생산의 과정"으로 재구성한다. 그는 "위험은 공간적으로 고르게 분포하지 않는다"는 사실을 환기하며 "무엇을 위험이라고 정의할 것인지, 누가 그 위험을 생산하는지, 누가 또 언제 그 위험에 노출되는지, 혹은 노출된다고 생각하는지 등의 질문을 둘러싸고 다양한 형태의 갈등이 나타날 수 있다."라고 지적한다.[9] 여기서 이 질문들을 반복하는 것은 그것이 소설 속 중앙과 지역의 갈등, 지역 내 찬핵과 반핵의 갈등의 문제성을 짚게 하는 동시에, 작가가 소설에서 가장 핍진하게 지면으로 옮기고 있는 하청 노동자의 문제 역시 상기시키기 때문이다.

> 흰색 안전모와 노란 안전모는 같은 공간에서 작업 배차를 받고 같은 공간에서 밥을 먹고 똑같이 동진시멘트라는 곳으로부터 작업 지시를 받았지만 소음과 분진이 심한 곳에 배치되는 것은 거의 노란 안전모들이었다. 흰색 안전모들은 안전과에서 얼마든지 방진마스크를 갖다 쓸 수 있었지만 노란 안전모들은 분진이 많은 곳에 배치되는데도 한 달에 열다섯 개 이상의 마스크를 쓸 수 없었다. 작업복과 귀마개와 안전화 또한 마찬가지였다. 노란 안전모들이 마음껏 가져갈 수 있는 건 목캔디뿐이었다. 그런 걸 감수하고 일을 해도 아빠가 받는 임금은 흰색 안전모의 반도 안 되었다. 잔업을 하지 않으면 기본적인

9   같은 글, p.117.

생활비조차 댈 수 없는 금액이었다. 아빠는 열여섯 시간 이상 일하는 날이 많았고 명절에도 쉰 적이 거의 없었다. (pp.224-225)

과거 자원의 고갈과 함께 지역의 주축 산업이 변화하면서, 노동자들은 도계의 탄광에서 척주의 석회산 절벽으로 이동한다. 그런데 서상화의 회고 속에서, 아빠의 일터는 '흰색 안전모'의 작업장과 '노란색 안전모'의 작업장으로 대별된다. "소음과 분진이 심한 곳에 배치되는 것은 거의 노란 안전모들이었다."(p.224) 작업의 위험도도, 그 위험을 방어할 수 있는 장치도, 혹은 위험을 무릅쓴 대가도, 일하는 사람들에게는 모두 차별적으로 주어진다. 폐차시켜야 할 덤프를 몰다가 흉추가 골절된 아빠의 일화가 보여주듯이, 다른 색의 안전모로 식별되는 이 차이는 명백히 생명을 담보로 한 것이다. 소설은 원청과 하청의 위계 속에서, 노동자 사이에 발생하는 인격적 침해 역시 생생하게 드러내지만, 소설이 아울러 짚고 있는 것처럼 이를 생산현장 노동자들의 상호관계의 문제로만 돌릴 수는 없다.

말하자면, 독자는 2016년 구의역의 비극을, 작가가 전하고자 하는 동진시멘트 하청 노동자들의 고통에 겹쳐 볼 수 있다. 이와 같이 외주화로 인해 "특정 하도급 근로자들에게 위험이 전가"되는 것을 막는 방법 중 하나는 "산업재해 방지책임은 '사업주'에게 있다"고 규정하여 산재의 의무주체를 명확히 하는 것이다.[10] 소설 속 서상화의 아버지 등 동진시멘트 하청 노동자들은 바로 그 길을 가려한다. 동진시멘트 하청 노조는 불법 고용임을 인정받고, 근로자 직위 확인 소송에서도 승소한다. 하지만 노동부 판정 이후 그

◇◇◇◇◇◇◇◇◇◇◇◇◇

10   노상헌, 「사내하도급·위험의 외주화에 대한 법적 규제-일본법령의 검토를 중심으로」, 『강원법학』 48, 강원대학교비교법학연구소, 2016.6.

들을 기다리는 다음 수순은, 전원 해고와 거액의 손해배상 청구이다. 이것이 하청 노조가 와해된 후, 남은 해고자들이 비참한 마음으로 거리에 나설 수밖에 된 이유다.

만약 저 서사가 낯설지 않다면, "아무것도 없는 놈들이, 꿈으로 정규직을 먹겠다고 지금"과 같이 시위하는 해고자들을 향해 던져지는 모욕 또한 낯설지 않을 것이다. "사람들은 탈핵을 외치는 핵반투위에는 박수를 쳐도 직접 고용을 외치는 해고자들한테는 망설임 없이 손가락질과 훈계를 했다."(p.257) 생명권을 요구하며 주민 소환의 촛불을 든 척주의 시민들조차 "순수한 탈핵 활동이 정치적으로 비칠 수 있다는 이유"를 들어 해고자들의 집회가 촛불 집회와 겹쳐지는 것을 막으려 한다. 척주의 촛불이 서울 사람들에게 보이지 않는 불꽃이라면, "내리막길에서 시동이 꺼지는 덤프"는 그 불꽃으로도 비춰지지 않는다. 작가는 척주의 주민 소환 투표에, 하청 노동자였던 서상화의 아버지와 죽은 이영관의 목소리를 복원하여 중첩시킴으로써, 독자가 이를 다른 구도에서 다시 사고하게 한다. 냉정하게 보자면, 소설 속 주민소환 투표가 부결되었듯이, 민주주의가 언제나 생명을 우위에 둔 결정을 내릴 수 있다는 것은 섣부른 기대이다. 그리고 더 나아가, 집회나 투표 과정 자체에 참여할 수 없는 존재들도 있다. 『아홉번째 파도』는 바로 그 존재들, 아직 도래하지 않은 생명에 대한 질문이기도 하다.

3. 태어나지 않은 생명의 몫을 어떻게 기입할 것인가 : 미래세대와 생명

책으로 출간된 후의 반응을 살피면, 이 소설이 마주하고 있는 디스토피아가 육체적 생명 연장을 향한 인간의 맹목이라는 측면에서 읽히는 경향이 있는 듯하다. 고통을 상쇄하는 약에 대한 갈구는 종적 유한성의 문제로도 접근될 수 있으며, 그와 같은 관점의 논의 또한 필요하다고 생각한다. 하지만, 소설에서 이러한 호소가 어떤 위치들에서 터져 나오고 있는지는 더 살펴져야 한다. 『아홉번째 파도』에서 위험과 그로 인한 고통에 가장 문제적으로 연루되어 있는 사람들은 공간적으로는 지역 주민, 세대적으로는 고령층, 직업적으로는 하도급 노동자들이며, 성별로는 여성이다. 그런데, 왜 여성인가.

소설이 제기하고 있는 물음이 과거와 현재 뿐 아니라, 미래에 대한 것이라는 점에서 눈여겨 볼호명은 '엄마'이다. 소설 속 윤태진과 송인화는 각기 다른 시점에서 척주의 엄마들을 발견하고 새삼 놀란다. 약왕성도회가 배후에 있는 신약 설명회 장소에서 윤태진이 본 사람들은 "유모차를 밀고 오는 사람도 있었고 임산부도 보였"는데, "대부분 아이 엄마로 보이는 여자들"이다. 한편 송인화는 "아이를 둔 엄마들이 연달아 민원전화를 걸어올" 때, "척주에 이렇게 엄마와 아이들이 많았나"라고 자문한다. 짐작되다시피, 현재의 엄마만의 문제도 아니다. 소설에는 명시적으로 드러나 있지 않은, 대대로 삼은사를 지탱해왔던 기도자들의 성별과 관계성을 생각해 보는 것은 어떨. 과거 "송인화의 엄마를 비롯해 동진아파트에 사는 여자들 대부분은 팀을 꾸려서 삼은사를 자주 드나들었다."(p.163) 해결 방식의 차이는 있으나, 시기를 막론하고 소설 속 익명의 엄마들은 아이들의 생명을 지켜내야 할 주체로서 지면으로 소환된다.

그렇다면, 주요 인물들의 어머니는 어떤 존재들이며, 어머니는 그 인물들과 어떤 관계를 맺고 있는가. 『아홉번째 파도』를 이끌어 가는 인물들은 송인화, 윤태진, 서상화이며, 그들은 현재 척주시 보건소 직원으로, 국회의

원 보좌관으로, 공익근무 요원으로 등장한다. 이 공적 영역의 행위자들은 또한 모두 척주와 그 인근 주민이었던 부모와 관련된 고통스런 성장사를 가지고 있다. 언급되었다시피, 서상화의 아버지는 동진시멘트에서 해고된 덤프 기사이고, 윤태진의 아버지는 탄광 사고로 사망한 도계의 광부이며, 서사의 주축은 아버지 사망의 내막을 밝히려는 송인화이다. 다시 말해, 소설은 무시와 모욕 속에서 생명을 박탈당해 간 아버지들에 대한 인정과 애도의 공간이기도 하다.

이와 같이 인물들의 아버지가 아버지이기 이전에 직업인으로서 호출되는 반면에, 어머니는 가족 관계의 이탈자로서 먼저 기억된다. 송인화는 재혼 후 전남편이 나온 꿈에 대해 말하곤 하는 어머니의 전화를 피하며, 서상화는 약왕성도회 신도가 되어 가출한 어머니를, 윤태진은 자신을 낮게 해줄 약과 기도처를 찾아다닌 어머니를, 애증의 감정과 더불어 회고한다. 거친 정리가 되었지만, 이 어머니들의 삶이 남편의 고통, 자녀의 고통, 그리고 그 자신의 고통으로 가늘 수 없는 것이 되었음은 짐작하기 어렵지 않다. 소설 속 약왕성도회는 바로 그 고통을 숙주로 하여 척주를 잠식해 들어간 것이다. 예컨대, 서상화는 수년 만에 조우한 엄마의 얼굴을 보며 자신이 들었던 소문들을 상기한다. "성금의 기본 받침이 되는 신도를 어떻게든 끌어 모아야 한다는 이야기. 자신이 확보한 신도와 성금이 수치화되기 때문에 끊임없이 내달려야 한다는 이야기. 퇴직금과 전세금과 등록금을 갖다 바치고도 할당량을 못 채운 신도들이 단란주점에서 일을 한다는 이야기"(p.235)

소설 속 어머니들의 역사 또한 비중 있게 다뤄졌으면 어땠을까를 생각하는 한편으로, 이 소설이 이른바 유적 본능으로서의 모성성과는 어느 정도 거리를 두고 있음은 생각해 볼만한 대목이다. 윤태진은 홀어머니의 인내와 헌신은 세간의 오해일 뿐, 스스로는 어머니와의 일상을 학대에 가깝게 회고한다. 서상화의 어머니 뿐 아니라, 또다른 인물 방학수의 부인 역시 몸의 고통을 낮게 할 수 있다는 유혹에 가족을 떠나 신도가 된다. 그 자신과 가족을 저울에 놓게 하는 이 가혹한 선택이 모두 사적 영역의 개인에게 부과된다는 점도 중요하지만, 그럴 경우 소설은 전자가 우선이 될 수도 있다는 인식을 보여준다. 그 점은 주인물 송인화와 가장 강력한 대립관계를 형성하고 있는 안금자가 자신의 경험을 빌어 피력한 것이기도 하다. 신원이 밝혀지기 전 안금자가 송인화에게 자식을 낳은 이후 몸이 아팠고, "남편도 자식도 다 필요 없고 그 (통증을 없애준 가루약을 준-인용자) 여자를 따라가고 싶더라"고 술회한 것은 우연이 아니다. 맥락을 고쳐 본다면 소설을 관통하는 생명에 대한 불안을, 모체에 대한 불안을 통해서도 접근해 볼 수도 있겠다. 살펴 보면, 소설 전편에 걸쳐 '뱃속'이란 말은 단 두 번 나온다. 서상화가 엄마 뱃속을 이야기하는 장면과, 송인화가 스스로 자신의 뱃속을 감각하는 장면에서다.

서상화는 미숙아로 태어나 한 달 가량 인큐베이터에서 키워졌고, 그 스스로는 인큐베이터에서 본 빛 때문에 심한 난시를 얻었다고 생각한다. "제가 엄마 뱃속에서 좀 일찍 나왔거든요. 그래서 한 달인가 인큐베이터에 있었는데 그때 본 빛 때문에 어려서부터 난시가 심했어요."(p.61) 도입부에서 지나쳐가는 대화처럼 제시되었던 이 진술이 다시 생각되는 것은 서상화의 사망 원인이 밝혀지는 결말에 이르러서다. 서상화의 시력 장애를 인지하고 있었던 방학수는 그에게서 안경을 빼앗아 익사에 이르게 한다. 한편, 송인화는 그 자신 어머니의 몸으로 죽은 태아를 감각한다. 그는 윤태진과 연인이었던 시절 임신하지만, 얼마 지나지 않아 태아가 신경관 결손이라는 진단을 받는다. 윤태진은 자신이 사고 후 얻게 된 갑상선 질환과 그로 인해 복용했던 스테로이드 제제 때문이라고 단정하지만, 송인화의 생각은 달랐다.

그러나 송인화가 인지하지 못한 상태에서 아이는 "송인화한테 어떤 신호도 보내지 않고 그렇게 뱃속에서 조용히 죽어 있었다."(p.181)

"약사여래상 약함에 무슨 약이 들어 있는지 알려줄까?"

나무 기둥에 묶이고도 안금자는 꺾인 기세가 아니었다. 서둘러야 했다. 안금자 혼자 이 산에 있으리라는 법이 없었다. 테라로사 흙들 천지인 이 산 어느 아래에 석회동굴이 뚫려 있을지 알 수 없었다.

"약 중에 최고의 약이 들어 있지. 고통을 줄여주는 데는 그만이야. 진통제에 댈 게 아니지."

송인화는 숨을 몰아쉬며 안금자를 내려다봤다. 안금자는 시간을 끌며 송인화를 잡아두려고 하고 있었다.

"바로 피임약이야."(p.351)

그러므로 책이 발간되고 내내 주목되어온 송인화와 서상화의 사랑은, 위 장면의 저주어린 말들과 함께 읽혀져야 비로소 이해된다. 가족을 위시한 친밀성의 영역들이 부서지고 있음을 응시하는 장면들 때문에, 서상화와 송인화가 관계를 발전시켜나가는 과정은 (작가의 지난 소설들로 볼 때) 서상화라는 인물의 이채로움만큼이나, 이질적인 색채로 그려진다. 그러나 서상화는 송인화와의 하룻밤 이후 사망하며, 자신을 괴물이라 생각하는 윤태진 역시 사산 이후 "스스로 생식능력을 제거해" 버린다. 생물학적 남성의 몰락은, 오병규를 한낱 자신의 '악어새'로 치부하는 안금자의 편에서 보아도 마찬가지다. 따라서 이십 년 동안 깎이고 헐려 이제는 황폐해진 거대한 석회산을 배경으로, 안금자와 송인화가 치르는 최후의 결전은 생명의 진로를 가운데 둔 여성들의 대결이 된다.

그런데 이 절정 국면에서, 안금자는 송인화에게 잉태하지 말라고, 낳기 전에 파괴하라고 유혹한다. 이 세계에서 생명을 갖는다는 것은 곧 고통이 될 것이기 때문에, 사람들이 그토록 찾아 헤맨 "최고의 약"은 낳지 않는 것, 태어나지 않는 것이다. 복잡한 알레고리를 동원하지 않는다 하더라도, 안금자의 속삭임이 우리 시대의 어떤 무의식과 닿아 있음을 직감한다. 이후 소설은 다소 전형적인 방식으로 척주의 악당들을 제거하지만, 승리의 쾌감이 아니라 무거운 우울에 휩싸여 있다. 그리고 이 우울을 따라가는 것이 작가의 다음 행보가 아닐까 생각해 본다. "송인화는 그 자리에 서서 손바닥에 얼굴을 묻었다. 송인화는 어른거리며 따라오는 그 따뜻한 것이 상화가 아니라고 생각할 수 없었다. 송인화는 뺨으로 흐르는 것들을 그대로 둔 채 강을 따라 계속 걸어갔다."(p.364)

4. 이후의 소설 : 장편 서사의 현재

"'척주'라는 공간을 구축하는 솜씨가 탁월"[11]하다는 점은 많은 이들이 인정할 수 있는 『아홉번째 파도』의 미덕일 듯하다. 지역 곳곳의 지리적 공간감은 입체지도를 펼치듯 뚜렷하며, 시 보건소, 의약분업 예외 지역의 약국들, 석회산 작업장만이 아니라 지역구 국회의원 사무소와 상가 정화조의 공기까지 생생하게 다가온다. 작가는 지역이 통과해온 과거를 세세하게 되살리는 동시에, 원자력 발전소와 주민소환 투표라는 현재적인 이슈에도 관

---

11   노태훈, 「한국소설의 현재와 미래-2017년 8월부터 10월까지의 한국소설」, 『자음과모음』, 2017년 겨울호, p.332.

심을 기울인다. 본문에서 살펴보았던 안금자와 오병규의 형상은 먼 한국 사회와도, 가까운 한국 사회와도 연루되어 있다. "그게 이십일 세기에 가능한 일이냐"는 소설 속 물음은 불과 얼마 전의 기억을 불러오고, 지금도 터져 나오고 있는 중이다. 다시 말해, 이 소설 역시 세월호와 촛불 이후의 사회문화적 추이와 함께하고 있다고 생각된다.

담아내고 싶은 것들이 많았던 작품으로 읽히고, 실제로 역작이란 말이 아깝지 않다. 그러니 필자의 의문을 하나쯤 남겨두는 것도, 다음을 기약할 작가에 대한 도리이겠다. 소설의 에필로그에서 오병규가 구속 기소되는 것은 주권자의 요구와 직접적 관련은 없다. 송인화, 서상화, 윤태진에게 10월 15일이, 주민 투표의 그것과는 다른 의미를 가진다는 것은 상징적이다. 『아홉번째 파도』가 논픽션적 요소를 내장하고 있지만, 허구적 상상력 아래 조율되고 있는 픽션이라는 사실을 모르지 않는다. 하지만 바로 그 이유에서, 소설이 제기한 문제가 확연한 선악구도 속에서 쉽게 해소되었다는 의문을 갖게 된다. 막바지에 접어들수록 장르영화적 씬 구성이 두드러지지만, 몰입이 쉽지 않았던 이유 역시 이와 무관하지 않다. 소설에서 과연 상실된 것이 무엇인가를 물을 때, 전술했던 '우울'의 깊은 곳에는 서상화를 향한 사랑만이 있지는 않을 것이다.

오해를 무릅쓰고 말하자면, 그간 독자는 자기 시대의 요구를 예리하게 포착하는 문제작을 기다려 왔던 듯하다. 물론 문제작은, 작품이 사회의 여러 부면과 접촉한 이후, 다시 말해 독자의 반향과 함께 비로소 발견된다. 그 부면은 다른 모든 사회적 사건이 그러하듯 복합적으로 구성되기 때문에, 오직 작품 그 자체에서 합당한 이유를 찾는 것은 무망한 일이 되어갈 듯하다. 소설도, 소설가도, 비평도, 이른바 문학적 생태계도, 중대한 변화의 기로에 서 있다는 생각이 지금처럼 크게 다가왔던 적은 없었다.[12] 최은미의 『아홉번째 파도』는 단편으로 자기 세계를 구축한 작가가 사회문화적 변동과 호흡을 같이 하며 그 세계를 갱신하고 있다는 점에서 '이후의 문학'을 예감하게 하는 주목할 만한 사례다.

---

12 그런 점에서 김미정의 다음과 같은 지적은 시사적이다. "예술, 문학은 대중의 기호와 지지로 진보하는 것이 아니다. 하지만 천재의 재능이나 전문가의 언어만으로 결정되는 것도 아니다. 이후 시간의 문학을 상상하기 위해서라도 이미 육박해온 장면은 직시되어야 하는 것이다." (김미정, 「흔들리는 재현·대의의 시간-2017년 한국소설 안팎」, 『문학들』, 2017년 겨울호, p.49)

이웃, 그 신성하고도 섬뜩한 이야기

— 이기호 『누구에게나 친절한 교회오빠 강민호』

(문학동네, 2018)

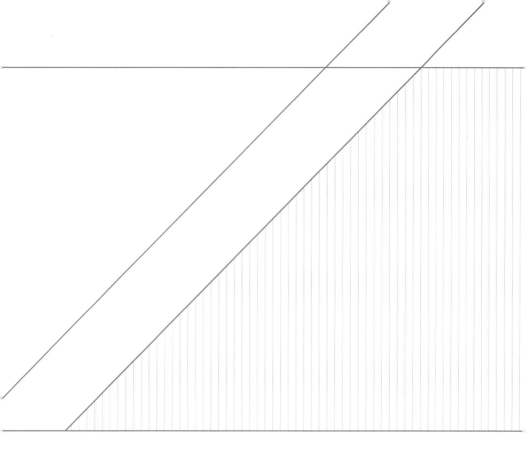

최진석

2015년 계간 〈문학동네〉로 등단했고,
수유너머104연구원으로 활동 중이다.
문학과 사회, 문화와 정치의 역설적 관계에 관심을 두며 연구와 강의를
이어가고 있다.
『불가능성의 인문학: 휴머니즘 이후의 문화와 정치』, 『감응의 정치학:
코뮨주의와 혁명』, 『민중과 그로테스크의 문화정치학: 미하일 바흐친
과 생성의 사유』 등을 썼고, 『다시, 마르크스를 읽는다』 『누가 들뢰즈
와 가타리를 두려워하는가?』 『해체와 파괴』 등을 옮겼다.
vizario@gmail.com

이웃, 그 신성하고도 섬뜩한 이야기
— 이기호 『누구에게나 친절한 교회오빠 강민호』(문학동네, 2018)

1. 너희도 착한 사마리아인처럼 되리라

유대교의 율법가들은 예수를 몹시 싫어했다. 그의 가르침이 율법이 정하는 경계를 자주 넘어섰기 때문이다. 하루는 율법가가 예수를 떠보려고 영원한 생명을 얻는 법에 대해 물었다. 예수는 율법서에 적힌 바가 무엇이냐고 반문했고, 그는 마음과 목숨, 힘과 생각을 다해 신을 사랑하는 것, 그리고 이웃을 자신의 몸처럼 사랑하는 것이라고 답했다. 그 말이 뜻하는 대로 실천하라는 예수의 답변에 율법가는 다시 묻는다. 누가 자신의 이웃이냐고. 저 유명한 사마리아인의 비유가 등장하는 장면이 여기다.

어떤 사람이 예루살렘에서 예리고로 내려가다가 강도들을 만났다. 강도들은 그 사람이 가진 것을 모조리 빼앗고 마구 두들겨서 반쯤 죽여놓고 갔다. 마침 한 사제가 바로 그 길로 내려가다가 그 사람을 보고는 피해서 지나가버렸다. 또 레위 사람도 거기까지 왔다가 그 사람을 보고 피해서 지나가버렸다.

그런데 길을 가던 어떤 사마리아 사람은 그의 옆을 지나다가 그를 보고는 가엾은 마음이 들어 가까이 가서 상처에 기름과 포도주를 붓고 싸매어주고는 자기 나귀에 태워 여관으로 데려가서 간호해주었다. 다음 날 자기 주머니에서 돈 두 데나리온을 꺼내어 여관 주인에게 주면서 "저 사람을 잘 돌보아주시오. 비용이 더 들면 돌아오는 길에 갚아드리겠소" 하며 부탁하고 떠났다. (「루가의 복음서」 10장 30-35절, 『공동번역성서』).

이제 예수가 묻는다. 저 셋 중에 강도 만난 사람의 이웃은 누구이겠냐고. 굳이 율법가의 답변을 기다릴 필요도 없겠다. 누구라도 사마리아인이라 답할 것이다. 저 시대에 사마리아인은 유대인과 비유대인의 혼혈로 낙인찍혀 천대와 멸시를 받던 족속이었다. 그럼에도 자신을 박해하던 유대인을 돕고 보살펴주었으니 어찌 그의 진정한 이웃이라 부르지 않을 수 있으랴? '착한 사마리아인'이란 이렇게 자신을 둘러싼 조건을 넘어서 의당 행해야 할 것, 곧 보편적 윤리로서의 환대를 실천하는 사람을 가리킨다. 그렇게 정의는 낯선 자에 대한 환대를 통해 성립한다. 성경의 권위가 우대받던 어느 시절이든 저 사마리아인의 행동은 신의 법을 지상에 구현하려는 숭고한 행위로 존경받아왔다. 그럼 우리가 발딛고 있는 이 시대는 어떠한가?

타인에게 친절하라! 단언컨대, 이것은 우리 시대의 정언명령이다. 누구든 나 아닌 사람에게 호의를 베풀고 올바르게 대우하라는 실천적 강령이 마치 지상과제처럼 우리에게 던져져 있다. 한 마디로, 이는 착한 사마리아인이 되라는 요청이자 환대를 통한 이웃되기의 과제라 할 만하다. 이러한 환대는 법과 제도의 개선 혹은 사회적 불평등 및 불공정의 개정을 넘어서, 일상생활의 윤리로 제기되는 까닭에 훨씬 근본적이다. 개인의 소소한 생활습관으로부터 집단의 공적 활동에 이르기까지 우리는 자신의 마음가짐과 행동거지를 세심히 살피면서 타인의 삶을 침해하지 않기 위해 관심과 배려를 기울여야 한다. 환대란 타인에 대한 절대적인 존중이며, 그것을 지키고자 애쓰는 마음과 행동이기 때문이다. 레비나스와 데리다를 전거로 둔 인문학적 사유는 이러한 절대적 환대야말로 정의의 초석임을 철학적으로 뒷받침해준다.

어쩌면 지난 십 년여 한국문학을 사로잡아왔던 윤리와 정치에 대한 열정에는 이토록 정의로운 환대를 실천하려는 강고한 집념이 놓여 있지 않았을까? 어느 비평가의 말대로 문학이 삶을 추문화함으로써 거꾸로 삶의 문제적 계기를 밝히고 해결을 촉구하는 노고라면,[1] 문학은 윤리나 정치 그 자체는 아닐지라도 이미 윤리적이고 정치적인 기능을 수행하는 활동에 다름 아니다. 그 궁극의 목적에는 추문에 휩쓸린 사람들, 곧 강도를 만나 부상당한 사람들에게 환대를 베풂으로써 진정한 이웃이 되고자 하는 사마리아인의 욕망이 있다. 그러니 부디 타인에게 친절하라! 그의 이웃이 되라! 문제는 저 아름다운 우화가 예수의 시선을 통해 우리에게 들려진 이야기라는 데 있다. 우리는 사마리아인이 어떤 정념의 우여곡절을 겪고 있는지, 그가 마주한 이웃의 이웃됨은 어떤 것인지 전혀 알 수 없다. 여기에 이웃되기의 곤혹과 환대의 (불)가능성이라는 역설이 숨어 있다. 이기호의 새 소설집을 펼쳐 들었을 때 문득 솟아난 불안스런 의혹은, 그가 이러한 내면 풍경에 관해 고집스레 이야기를 펼쳐온 작가임을 잘 아는 탓이었다.

---

1   김현, 『한국 문학의 위상/문학사회학』, 문학과지성사, 1991, p.53.

2. 적대의 진실, 또는 환대의 불가능성

우선 전작 『김 박사는 누구인가?』(문학과지성사, 2013)에 실린 「탄원의 문장」을 떠올려보자. 교육을 명목으로 후배를 과음하여 죽게 한 학생 P를 구제하기 위해 애쓰는 대학교수 '나'는, 한때 'P'와 연애관계에 있던 '최'를 설득하여 탄원서를 쓰도록 종용한다. 단지 지도교수로서의 책임감이나 의무감에서 비롯된 의례적 요청은 아니었다. 화자는 P와 친숙했던 시절들을 기억하고 있으며, 그로부터 'P'가 법정 조서로는 환원될 수 없는 "'사실' 이외의 세계들"(172), "입증 불가능한 세계"(174)에 속해 있다고 믿는 까닭이다. 그것은 '법보다 앞서 있는' 영역이자 행위 관계들의 인과성보다는 '마음과 영혼'에 가까운 영토로서 비-사실 곧 문학적으로만 접근 가능한 세계이다. 화자는 오직 사실로만 구축된 이 척박한 세계를 보충하기 위해 탄원의 '문장'으로서 P를 구해내고자 한다. 그것이 자신이 할 수 있는 유일한 환대의 몸짓이었을 터.

약속 기한을 넘겨 전해진 최의 탄원서는 이런 믿음을 뒤흔들어 놓는다. 다정한 청춘남녀로만 보였던 P와 최는 실상 폭력으로 얼룩진 관계였으며, 최는 P로부터 벗어나기 위해 결별했던 것이다. 공적 문서로는 조명되지 않는 사적 개인의 삶, 곧 "고유명사"의 세계를 화자는 안다고 믿었지만 실상 그 믿음조차 일면적 사실이지 결코 온전한 진실은 아니었다. P를 향한 환대는 '내' 맹목의 산물에 불과하며 최를 희생시키는 적대의 이면을 포함하고 있던 것. 어쩌면 절대적 환대란 단지 믿음의 절대성 이상은 아닐지 모른다. 더구나 그것이 온전히 모든 타인을 향할 수 없다면, 과연 환대는 가능한 것이며 정의로울 수조차 있을까? 그렇다면 모든 타자의 이웃이 되는 것, 곧 절대적 환대는 불가능한 망상일까?

전작에서 스멀스멀 기어 오르던 이 같은 의혹은 신작 『누구에게나 친절한 교회 오빠 강민호』에서 전면적으로 의제화된다. 물론 이는 문학적 의제이기에, 허구의 인물과 상황, 행위를 통해 우리에게 '이야기'의 형태로 전달되고 있다. 하지만 허구를 빌미로 한 이 소설적 도전이야말로 진정 발본적이다. 데리다를 빌려 말한다면 환대는 예외를 남겨두지 않는 절대성에서만 성립하는 것이기에,[2] 비록 이야기의 형태라 할지라도 여기서 환대의 필연성과 정의의 실재성이 도출되지 않는다면 앞으로 우리가 어떻게 환대나 정의에 대해 떠들 수 있겠는가? 중요한 것은 작가의 물음, 그 물음이 던져지는 형식일 것이다. 손쉬운 환대가 아니라, 그 이면으로부터 은폐된 적대가 드러나는 방식들에 주목해야 한다.

표제작 「누구에게나 친절한 교회 오빠 강민호」를 살펴보자.[3] 조그만 전답을 둘러싸고 아버지와 숙부 사이에서 분쟁이 벌어지자 화자인 '나'는 숙부의 마음을 풀어줄 겸 고향으로 돌아온다. 여기서 그는 후배 종수를 만나는데, 예전에 교회에서 화자와 가깝게 지내던 윤희는 현재 그의 여자친구이다. 교사로 일하는 그녀는 해외연수에서 돌연 이슬람교로 개종했고, 학교에 히잡을 쓰고 다니면서 물의를 일으켰다는 소식을 전해 듣는다. 종수의 부탁에 따라 화자는, 다소 귀찮은 마음에도 불구하고 윤희의 어려운 형편을 떠올리며 그녀에게 "현실적인"(231) 해결책을 권유하게 된다. 뜻밖에도 그녀는 굉장히 적대적인 태도를 취하고, 화자가 기억하지 못하는 어떤 일을 들추면서 무섭게 몰아세운다. 과거에 무슨 일이 일어났는지는 서사로

2   Jacques Derrida & Anne Dufourmantelle, *Of Hospitality*, Stanford University Press, 2000, pp.23-25.

3   이기호, 『누구에게나 친절한 교회 오빠 강민호』, 문학동네, 2018, pp.207-236.

직접 기술되지 않기에, 화자도 독자도 영문을 모른 채 이야기를 따라갈 수밖에 없다. 화자는 그 광경이 낯설지 않다고만 느낄 뿐, "연결고리"(233)를 찾지 못한 채 그들과 헤어진다.

실마리는 귀가한 화자 앞에 그의 아내가 "촌스러운 분홍색 스트라이프 무늬의 비키니"(208/235)를 보여주면서 흐릿하게 드러난다. 아내의 수영복은 그에게 다시 "낯설지 않은 기분"(235)을 불러일으키는데, 소설의 서두에서 윤희가 개종하기 전에 입었던 수영복이 바로 아내의 것과 같은 것이었기 때문이다. 대략 짐작해볼 만한 사실은, 언젠가 화자는 윤희와 미혼일 적 아내에게 동시에 똑같은 수영복을 선물했으리란 것이다. 어쩌면 윤희는 그 선물을 애정의 징표로 여겼을지 모르지만, 화자는 결국 지금의 아내와 결혼해버렸다. 화자의 친절은 윤희의 삶의 궤적에 어떤 식으로든 상처가 되어 그녀의 삶을 굴절시키는 데 일조했을 수 있다. 환대의 손짓이 적대의 화살이 되어 타인에게 꽂혀버린 격이다.

아무에게나 선물을 주고 호감을 사는 '무의식적 바람둥이' 서사로 이 작품을 읽는다면, 문제를 너무 쉽게 풀다 못해 기각시켜버리는 셈이다. 우리는 다른 지점으로 주의를 돌려야 한다. 비록 자각하지 못했어도 타인의 삶에 '부정적' 영향을 끼친 것이니 화자는 유죄인가? 그러나 그가 양다리를 걸쳐 윤희를 농락했다든지, 범죄적 행위를 통해 위해를 가했다는 암시는 나오지 않는다. 주어진 기억-진술로만 판단한다면, 화자는 미필적 고의에 따른 책임은 있으되 이 역시 '도덕적 차원'에 국한된 것이다. 관건은 친절함, 곧 윤희에 대한 환대가 불가피하게 적대를 함축한다는 데 있다. 흔히 '교회 오빠'라는 단어에 내포된 사회적 통념대로 화자는 윤희에게 친절을 베풀었으며, 그것은 그녀에게 모종의 오해를 불러일으켜 상처로 남게 되다(화자가 윤희에게 의도적으로 접근해 희롱하고 그 사실조차 망각했다는 가정은 일단 접어

두자. 그런 해석은 텍스트를 스릴러로 환원함으로써 환대의 문제설정을 와해시켜 버릴 것이다). 화자가 윤희와 연애를 했다 해도 문제는 동일하다. 지금의 아내가 윤희의 입장에 놓였을지 모르니까. 대체 문제의 뿌리는 어디에 있을까?

추문은 무지로부터 나온다.[4] 무엇이 환대이고 무엇이 적대인지, 우리가 모른다는 사실로부터. 안타깝게도, 우리는 사마리아인의 환대가 절대적이고 정의 그 자체임을 직관하는 예수와 같지 않다. 우리는 환대가 시간의 작용을 통해 어디로 흘러 무엇이 될지 전혀 알 수 없는 무지의 상태에 놓여 있고, 따라서 환대로부터 무능력하게 분리되어 있다. 그럼 애초에 아무런 호의도 베풀지 말아야 옳을까? 진심으로 좋은 뜻을 갖는다 해도 그것이 언젠가 부정적으로 기울어질 가능성이 있다면, 여하한의 환대도 불가능하다는 뜻일까? 모든 환대는 기실 적대를 향한 걸음걸이란 것인가? 그렇다면 이웃되기란 자기기만적 착각에 지나지 않을 터.

3. 타자의 타자성, 혹은 적대의 불가피성

옳은 일도 하다 보면 나쁘게 될 수 있다는 변명은, 그 옳은 일이 대개 숨겨진 사심(私心)의 발로란 사실 때문에 무색해지게 마련이다. 이와 비슷하게 환대는 운이 나빠 적대가 되는 게 아니라, 애초에 적대로부터만 환대를 착상할 수 있음을 섬뜩하게 깨닫는 경우도 있다. 이기호의 경우에는 「권순찬과 착한 사람들」이 이를 예증하는 이야기-실험이라 할 만하다.

대학에서 문학을 가르치는 화자 '나'는 무력증에 빠져 글을 쓰지 못한

---

4   김현, 같은 책, p.52.

채, 매일 술이나 마시면서 시간을 보내는 중이다. 그러다 작업실로 사용하는 아파트 입구 건너편에서 벌이는 권순찬의 1인 시위를 목격하게 된다. 그의 어머니가 103동 502호 김석만으로부터 7백 만원을 빌렸는데, 어렵게 그 돈을 갚자마자 사망하고 말았다는 딱한 사연이었다. 문제는 권순찬 또한 돈을 갚고 있었으며, 어머니가 사망한 후에야 이를 알게 된 그는 이중으로 불입된 돈을 되돌려 달라고 시위를 벌이게 된 것이다. 일찍 돈을 갚았다면 어머니가 죽지 않았을지 모른다는 죄책감이 그로 하여금 한 여름의 땡볕에서 시위를 벌이게 했으리라 짐작하지만, 화자는 타인의 일로만 여기고 방관하고 만다. "안타깝지만 성가신 것. 그것이 그때 내 솔직한 마음이었다"(87). 더구나 502호는 폐품팔이로 연명하는 김석만의 노모가 홀로 기거하던 집이었다. 권순찬의 이 딱한 처지를 듣게 된 아파트 주민들은 그를 동정하기 시작하고, 거처를 내주거나 일자리를 알아봐줄 정도로 호의를 베푼다. 급기야 그를 위해 모금을 벌여 칠백 만원을 갚아줄 정도로 발전할 지경이다. "정중하게"(94), 아무 조건 없이 건네는 주민들의 순수한 환대라 할 만했다. 하지만 그는 "사람들의 그 모든 선의를 거부"하는데, 이유는 자신의 시위가 돈 때문이 아니란 것이었다. "저는 원래 그 할머니한테 돈을 받을 생각이 없었습니다. 저는 김석만씨를 만나러 온 거예요. 그 사람을 직접 만나서 일을 해결하려고요..."(95)

진짜 문제는 여기서부터 시작된다. 갈등의 아름다운 해소를 기대하던 주민들은 그의 거절에서 무언가 배은망덕함을 느끼고, 불쾌한 감정에 휩쓸렸던 것이다. 화자에게 권순찬을 설득해보라고도 부탁하지만, "나"는 왠지 그에게 역정을 내면서 소리를 지르고 만다. "애꿎은 사람들 좀 괴롭히지 마요! 애꿎은 사람들 좀 괴롭히지 말라고!" 계속되는 권순찬의 시위는 결국 주민들의 신고로 막을 내린다. '착한 사람들'의 환대를 외면한 권순찬은 "아무 저항 없이"(101) 끌려나갔고, 다섯 달 가까이 지속되던 그의 시위는 순식간에 종결되고 말았다. 그러다 어느 밤중에 화자는 고급차를 타고 나타난 김석만을 목격하는데, 그 순간 자신이야말로 애꿎은 사람에게 화를 냈다는 점을 깨달으며 마침내 권순찬에 관한 글을 쓰기 시작한다.

우리는 '착한'이라는 형용사가 권순찬이 아닌 그의 타자들, 곧 아파트 주민들에게 붙어 있음에 주목해야 한다. 권순찬은 무력하게 타인의 의사에 휘둘리는 "흩날리는 눈송이"(100) 같은 사람이지만, '착한 그들'의 환대를 저버림으로써 순식간에 이 '아름다운 서사'에 구멍을 내고 훼손을 감행하는 적대자가 되었다. 물론 어느 누구도 그를 원망하거나 탓하고, 적의를 품지 않는다. 적어도 표면적으로는. 권순찬은 그만한 대우조차 받지 못한 존재인 것이다. 그럼에도 권순찬은 감히 서사 전체의 안타고니스트가 되고 말았으니, 그의 유일한 죄목은 타인의 친절을 제멋대로, '합리적' 이유 없이 거부했다는 환대의 거부, 적대의 표명에 있는 셈이다. 물론, 주민들의 친절은 실상 그들 자신의 소시민적 만족감을 위한 것일 뿐이라고, 이기심으로부터 비롯된 자위적인 호의이기에 환대가 아니라고 비판할 수도 있다. 아마 틀리지 않을 것이다. 소설의 서술시점 또한 주민들의 이율배반적 속성을 암시한다. 하지만 그렇다고 그들의 환대가 처음부터 부정당해도 좋다고 말할 수는 없으리라. 독자들이 예수가 아니듯, 주민들도 예수가 아니니까.

공정을 기하자면, 우리는 주민들이 권순찬의 내면을 이해하지 못한 만큼이나 권순찬 역시 주민들의 속내를 파악하지 못했다고 말해야 할 듯하다. '적이란, 우리가 아직 그의 이야기를 듣지 못한 자'라는 금언처럼, 권순찬과 주민들은 서로가 서로에 대해 무지한 점에서는 모두 유죄일 것이다. 후자의 환대는 전자의 개인사에 비추어 결코 순수한 호의 그 자체로 받아들여지기 어렵고, 전자의 거절은 후자의 조건에 견주어 전혀 납득할 만한 것이 되지 못했던 것이다. 타자의 타자성, 이는 우리 시대에 절대적 환대의 필수 조건으로 선언되고 필연코 포용되어야 한다고 선포되지만,[5] 실상 타자에 대해 한낱 타자일 수밖에 없는 우리가 어떻게 타자를 있는 그대로 받아들이고 그의 적대를 온전히 환대로써 감싸 안을 수 있단 말인가? 우리는 예수가 아닐진대. 그토록 날카로운 적의를 감내하면서, 우리는 과연 타자를 절대적으로 받아들일 수 있을까? 그 괴물성에도 불구하고, 기꺼이 그의 이웃이 되길 욕망할 수 있겠는가?

지금까지 우리가 타진해온 환대의 가능성과 불가능성, 타자는 과연 이웃인지 괴물인지에 대한 모든 질문이 「한정희와 나」에 직설적으로 표현되어 있다. 한정희는 아내가 어릴 때 보살핌을 받았던 마석 엄마와 아빠의 양자 재경 오빠의 딸이다. 어려운 시절의 아내를 건실하게 돌보아준 은혜를 생각하며, 재경이 교도소에 가 있는 동안 '나'와 아내는 기꺼이 정희를 맡아 기르기로 했다. 아이에 대한 동정심과 사근사근한 성격 등은 환대에 따르는 현실적 어려움을 넘어설 수 있게 해주었으나, 어느 날 학교에서 정희가 같은 반 아이를 따돌리고 괴롭히는 주동자였다는 이야기를 듣고 사태가 급변한다. 아이다운 순진함과 아이답지 않은 잔인함을 동시에 보여주면서 정희는 자신의 행위를 정당화하고, 사과문마저 소설을 쓰는 화자에게 떠맡기려 하자 마침내 분노가 폭발하여 그녀를 옥박질렀던 것이다. 그렇게 아이와 헤어진 화자는 타자를 환대한다는 것이란 무엇인지, 그게 가능하기는 한 일인지 자신 없이 반문한다.

---

5   Emmanuel Levinas, *Totality and Infinity: An Essay on Exteriority*, Kluwer Academic Publishers, 1991, p.170.

[타인의 고통에 대한 이해나 재현이 — 인용자] 잘 되지 않아서 고통스러 웠던 적이 많았다. 그게 잘 되지 않는 고통…… 어느 땐 내가 이해할 수 있는 고통이란 오직 그것뿐인 것 같다는 생각이 들기도 했는데, 그런 생각이 들 때 면 어쩐지 내가 쓴 모든 것이 다 거짓말 같았다. 누군가의 고통을 이해해서 쓰는 것이 아닌, 누군가의 고통을 바라보면서 쓰는 글. (…) '절대적 환대' (…) 마음 저편에선 정말 그게 가능한가, 가능한 일을 말하는가, 계속 묻고 또 묻지 않을 수가 없었다. 신원을 묻지 않고, 보답을 요구하지 않고, 복수를 생각하지 않는 환대라는 것이 정말 가능한가(265).

데리다 식으로 말해 "모든 타자는 모든 타자다"(tout autre est tout autre)는 환원 불가능한 타자의 절대성과 환대의 불가피성을 강조하기 위한 언명이지만, 여기서는 거꾸로 타자는 타자이기에 결코 나-주체와 공감할 수 없음을 증거하는 언명이 된다. 게다가 권순찬의 이웃들처럼 '착한' 위선의 낯빛도 없이, 한정희의 오만하고 잔인한 이기심을 접하게 되면 타자를 과연 '나'의 이웃이라 불러도 좋을지, '나'는 기꺼이 그의 이웃이고 싶은지 알 수 없을 지경이다. 예수처럼 모든 것을 관통하는 선의를 통찰할 수 있다면 그것만으로도 환대는 절대적일 수 있겠지만, "우리의 내면은 늘 불안과 절망과 갈등 같은 것들이 함께 모여 있는 법"(266)이기에 결코 환대를 그 자체로서 절대적인 것으로 제공하거나 수용하지 못한다. 이기호는 타인에게 친절하라는 우리 시대의 강령을 소설적 허구, 곧 거짓말의 형식으로 그것이 거짓된 게 아니냐고 질문하며 답해보고 있는 것이다. 만일 작가의 의혹이 실상이라면, 우리는 거짓이 진실을, 적대가 환대를, 괴물이 이웃을 견인한다는 섬뜩한 현사실성(Faktizität)에 망연히 주저앉아야 할지도 모를 일이다.

4. 다시, 작가의 환대를 기다리며

세간에 만연한 환대와 정의의 유행에 대해 은근슬쩍 딴지를 거는 이기호의 새 소설집은 불온하다. 좋은 게 좋은 것이니, 타인을 환영하고 친절을 베풀며, 이웃이 되라는 이 시대의 강령에 '거짓말' 곧 소설로써 그 이면을 드러내는 까닭이다. 우리 시대의 주조음에 역류하는 '삑사리'를 낸다고나 할까. 그래서 「한정희와 나」의 마지막 독백, "이렇게 춥고 뺨이 시린 밤, 누군가 나를 찾아온다면, 누군가 나에게 도움을 요청한다면, 그때 나는 그를 어떻게 맞이할 것인가? 그때도 나는 과연 그에게 손을 내밀 수 있을까?"(271)라는 읊조림은 쓸쓸한 시대종언처럼 들릴 정도다.[6] 이제 우리는 모두 환대라는 '위선'을 내던지고, 타자를 도외시한 채 즉물적인 각자의 세계에서 생존하도록 애써야 할까? 소설집의 작품들이 내비치는 의혹들을 곱씹는다면, 누가 비난할 수 있을까 싶다.

영생을 얻는 법에 대한 율법가의 질문에 예수는 율법서에 적힌 대로, 즉 마음과 목숨, 힘과 생각을 다해 신을 사랑하고, 이웃을 자기 몸처럼 사랑하라고 응답했다. 이에 관한 수많은 쟁점들 중 하나는 이웃을 자기 몸처럼 사랑하라는 응답의 역설이다. '나'는 타자가 아닌데 어떻게 그의 몸을 내 몸처럼 아낄 수 있는가? 타인을 자기 몸처럼 보살핀 사례를 우리는 착한 사마

◇◇◇◇◇◇◇◇◇◇◇◇◇◇

6   약간 맥락은 다르지만, 이기호는 지난 십년 간 작가들이 '사실'의 차원을 과도히 뒤좇았고 그것이 비극이었다고 진단한다. 이기호·임현 대담, 「누구나 알지만 불가능한 이기호」, 『문학동네』 2018년 여름호, pp.25-26. 초점은 '팩트'로서의 사실이 아니라 "마음의 사실을 제대로 바라보고 거기에서부터 다시 진실을 추출하는" 데 있다. 바꿔 말해, 인간의 마음을 이해하는 것, 단순명쾌하게 선의의 프로그램에 따라 환대와 정의를 수행하는 게 아니라, 복잡미묘한 믿음과 불신의 다면체를 통과하면서 어떤 과정에 도달하는 것에 있다. "내가 할 수 있는 최대치의 진실이 그런 한심한 내 마음을 보여주는 것뿐"일지라도.

리아인에게서 보았다. 하지만 그것은 예수의 눈을 통해 드러난 환대이기에 솔직담백한 진실인 만큼이나 비인간적이다. 우리는 사마리아인의 내면에서 요동치는 '불안과 절망과 갈등'에 관해서는 알지 못하는 까닭이다. 예수가 들려주는 이 우화는, 따라서 믿음에 관한 이야기다. 믿지 않는 자, 믿지 못하는 자에게 환대는 보이지 않고, 이웃은 존재하지 않는다.

그저 믿음이 아니라 맹목만이 환대를 낳는다는 지적에 유의하자.[7] 우리가 믿을 때, 오직 그때만 환대는 환대가 된다. 권순찬이 주민들의 호의를 받지 않았을 때, 그는 그것이 환대라 믿지 않았다. 마찬가지로 주민들에게 권순찬의 호소는 자기들의 친절을 거절한 것이었을 뿐, 모욕당한 사람이 정당하게 돌려받고자 하는 정의의 요구로는 보이지 않았다. 즉 권순찬이 초대하는 환대로 여겨지지 않았던 것이다. 무지의 추문은 환대를 환대로서 믿지 못한 데서 나타난다. 그것이 환대의 역설이며, 환대가 정의가 될 수 있는 유일한 방법이다. 환대는 절로 정의로운 게 아니라, 정의에 대한 맹목이 있고서야 비로소 정의로운 환대가 될 수 있다는 것. 그러므로 타자에 대한 정의는, 그의 몸을 내 몸같이 환대할 수 있을 때 또한 가능하다는 역설이 성립한다. 그렇다, 아이러니컬하지만 믿지 않고는 환대도, 정의도, 이웃도 있을 수 없다.

타자는 타자일 수밖에 없다는, 그래서 절대적 환대를 쉽게 받아들일 수 없다는 소설적 고백은, 이상하게도 절망적이지 않다. 역설적으로, 맹목의 가능성은 그로부터 생겨나기 때문이다. 한 편의 자전소설처럼 읽히는 「이기호의 말」에서 화자 이기호를 구한 것은 아무 근거 없는 믿음, 자기의 거짓과 위선에도 불구하고, 혹은 그것 때문에라도 불러내어진 타인의 환대가

---

7   슬라보예 지젝 외, 『이웃』, 정혁현 옮김, 도서출판b, 2010, p.293 이하.

아니던가? '내'가 타자를 환대할 이유가 없는 만큼이나 타자에게도 '나'를 환대할 근거는 없다. 우리는 (마치 자동차 사고처럼) 그저 만났을 따름이고, 거기서 생겨나는 최소한의 이해와 오해, 그에 깃들인 환대에 대한 믿음만이 환대를 환대로 만들어 주고, 각자를 서로에 대한 이웃이 되게 해줄 것이다. 비록 '거짓말'의 형식일지라도, 이에 대해 작가가 다시 또 이야기해주길, 책장을 덮으며 감히 맹목을 담아 믿어본다.

제20회 '젊은평론가상' 심사경위 및 심사평

한국문학평론가협회는 제20회 '젊은 평론가상'을 선정하기 위해 2018년 한 해 동안 각 문예지에 발표되었던 평론 작품들을 면밀하게 살펴보았다. 그 중에서 동시대의 문학작품들과 호흡을 같이 하면서 개성적인 시각으로 우리 비평작업의 현장성과 생명력을 보여주는 작품들을 선별하고자 했다. 그 구체적인 심사 과정은 다음과 같다.

먼저 2019년 1월 15일에 본 협회는 심사위원인 회장단에게 수상 후보 작품 추천을 공지한 뒤, 2019년 2월 14일 모임을 갖고 각자의 의견에 따라 다수의 추천 작품을 교환하였다. 논의 끝에 다음 10편의 수상 후보 작품들로 의견을 압축하였다.

1. 강동호, 포스트-휴먼-노블, 문학과사회, 2018년 겨울

2. 권희철, 아이러니와 아날로지, 문학동네, 2018년 가을

3. 김영임, 사막의 횡단과 우울의 무게, 문학과사회, 2018년 겨울

4. 백지은, 다른 인간을 위해, 문학동네, 2018년 봄

5. 복도훈, 유머로서의 비평, 문학과사회, 2018년 봄

6. 오연경, 당신, 사소한 것들의 신, 문학과사회, 2018년 가을

7. 장은정, 설계-비평, 창작과비평, 2018년 봄

8. 정주아, 믿는 것과 믿기로 한 것, 문학과사회, 2018년 가을

9. 차미령, 생명을 어떻게 지킬 것인가, 문학동네, 2018년 봄

10. 최진석, 이웃, 그 신성하고도 섬뜩한 이야기, 문학과사회, 2018년 가을

수상 후보 작품들에 대한 추천 의견을 교환한 후, 작품들을 숙독한 뒤에 다시 한 번 모임을 가지기로 하고 1차 모임을 마쳤다. 2019년 3월 25일에 수상작을 결정하기로 하고 2차 의견 교환의 기회를 가졌다. 작품들이 가진 다양한 문제의식과 그에 따른 성과들로 인해 치열한 의견이 오고가면서 단 하나의 수상 작품을 결정하는 것이 그 어느 때보다 어려웠다.

오랜 논의 끝에 권희철 평론가를 이번 '제20회 젊은평론가상' 수상자로 결정하였다. 권희철 평론가는 문예지『문학동네』2008년 가을호에 평론을 발표하면서 등단했고 현장비평의 최전선에서 활발하게 활동 중인 평론가이다. 그는『당신의 얼굴이 되어라』,『13인의 아해가 도로로 질주하오』등의 저서를 통해 그 역량을 보여준 바 있고, 현재 계간『문학동네』주간이자 한국예술종합학교 서사창작전공 교수로 활동하고 있다.

권희철 평론가는 우리 문단의 주목 받는 평론가 중 한 사람이다. 특히 이번에 수상작으로 결정된 작품인「아이러니와 아날로지」는 박형서 소설

에 대한 치밀한 분석을 통해 소설이란 장르의 존재론적 위상을 점검해 보는 확장된 시선을 제공한다. '아이러니'와 '아날로지'라는 키워드로 최근 한국 소설의 내적 특질을 섬세하고 정확하게 포착하는 이 평론은 문학의 가능성뿐만 아니라 그 너머의 불가능성을 천착하는 권희철 비평의 장점을 잘 보여준다.

이 같은 그의 행보가 보여주는 성실한 안목이 문학의 존립이 점차 의심받는 환경 속에서도 그 본연의 가치를 더욱 풍요롭게 할 수 있을 것이라는 믿음으로 그의 작품을 수상작으로 선정하였다. 좋은 작품을 선정하게 되어 기쁜 마음으로 권희철 평론가에게 축하를 드린다. 이제껏 그가 보여준 비평 작업이 이번 수상을 계기로 더욱 아름다운 결실을 맺기 바란다.

심사위원

오형엽, 곽효환, 김동식, 심진경, 이재복, 최현식, 홍용희

작품 출전

권희철, 「아이러니와 아날로지」
__ 문학동네, 2018년 가을호(96호)

강동호, 「포스트-휴먼-노블」
__ 문학과사회, 2018년 겨울호(124호)

김영임, 「사막의 횡단과 우울의 무게」
__ 문학과사회, 2018년 겨울호(124호)

백지은, 「다른 인간을 위해」
__ 문학동네, 2018년 봄호(94호)

복도훈, 「유머로서의 비평」
__ 문학과사회, 2018년 봄호(121호)

오연경, 「당신, 사소한 것들의 신」
__ 문학과사회, 2018년 가을호(123호)

정주아, 「믿는 것과 믿기로 한 것」
__ 문학과사회, 2018년 가을호(123호)

차미령, 「생명을 어떻게 지킬 것인가」
__ 문학동네, 2018년 봄호(94호)

최진석, 「이웃, 그 신성하고도 섬뜩한 이야기」
__ 문학과사회, 2018년 가을호(123호)

2019년 제20회 젊은평론가상 수상작품집

초판1쇄 인쇄 2020년 7월 6일
초판1쇄 발행 2020년 7월 15일

지은이	권희철·강동호·김영임·백지은·복도훈·오연경·정주아·차미령·최진석
기획	한국문학평론가협회(회장 오형엽)
펴낸이	이대현
책임편집	이태곤
책임디자인	최선주
편집	권분옥 문선희 임애정 백초혜
디자인	안혜진 김주화
마케팅	박태훈 안현진

펴낸곳	도서출판 역락
출판등록	1999년 4월 19일 제303-2002-000014호
주소	서울시 서초구 동광로 46길 6-6 문창빌딩 2층 (우06589)
전화	02-3409-2079(편집부), 2058(영업부)
팩스	02-3409-2059
홈페이지	www.youkrackbooks.com
이메일	youkrack@hanmail.net

ISBN 979-11-6244-540-2 03810

이 도서의 국립중앙도서관 출판예정도서목록(CIP)은 서지정보유통지원시스템 홈페이지(http://seoji.nl.go.kr)와 국가자료종합
목록 구축시스템(http://kolis-net.nl.go.kr)에서 이용하실 수 있습니다. (CIP제어번호 : CIP2020027156)